WILLSENSE

现代汉语
长诗经典

Classics of Modern
Chinese Long Poems

程一身 —— 主编

上海三联书店

目录

下卷
二十一世纪现代汉语长诗

序

　　这个选本旨在提出并确立现代汉语长诗这个概念。它自然是和古代汉语长诗对应的。尽管古代汉语长诗不多，却很有分量。大体上，屈原的《离骚》是抒情型长诗的代表作，《孔雀东南飞》是叙述型长诗的代表作。唐代诗人中的李白继承的是抒情型长诗的传统，杜甫、白居易以及李商隐继承的是叙述型长诗的传统。事实上，古代汉语长诗中还有一个沉思型传统，其源头是屈原的《天问》，这个传统在古代汉语长诗里只有张若虚等少数杰出的继承人。

　　这个选本名为《现代汉语长诗经典》，因此有必要先界定一下现代汉语长诗这个概念。简要地说，现代汉语长诗就是用现代汉语创作的主题重大、诗意复杂、结构精密、篇幅较长的诗歌作品。一个显而易见的事实是，古代汉语长诗的篇幅其实都不算长，甚至可以说篇幅"长"并非古代汉语长诗的标志性特征。这是凝练传统作用于古代汉语长诗的必然结果。事实上，这不仅不是弱点，反而是其独到的特色。既然这个国度里的诗人们可以用四句或八句的有限文字表达出韵味无穷的意境，长诗也不过是相对地长一些而已，因为它同样是注重诗意提炼和语句凝练的。像《木兰诗》那么短，也被称为长篇叙事诗。同样可资为鉴的是，二十世纪最著名的西方现代长诗《荒原》的篇幅也不长。基于以上考虑，编者把凝练作为衡量现代汉语长诗的一个重要的尺度。那些只知道一味拉长篇幅却不注意提炼浓缩的诗人可能把长诗误解成了押韵的长文。

很显然，并非任何题材都可以写成长诗。长诗往往用于表达重大主题。何谓"重"？司马迁说："人固有一死，或重于泰山，或轻于鸿毛。"何谓"大"？孔子说："死生亦大矣。"由此可见，重大往往事关生死，而死亡的重大在于它是对生命的总结算。没有人能经历并书写自身的死亡，所以主题的重大往往源于他人之死，这里的"他人"可以是自己的亲人，可以是身边的熟人，也可以是素不相识却心灵相通的前辈导师。这样的作品未必是通常所谓的悼亡诗，但写到他人之死不同程度地会出现悼亡以及自悼的成分。在这类诗中，他人之死往往成为诗人追忆的起点，并由此引发一系列叙事抒情与沉思。追忆也可以引发或演变成写作主体与写作对象之间的对话，这种对话可能出于对他人的理解，也可能是写作主体将自身投射到写作对象上，甚至把他人写成自我或另一个自我。二者的重合就会使诗歌具有一定的自传性，当然是精神自传性。

其次，诗人自身之生也可构成重大主题。这里的自身之生一般并非寻常的生活，主要是指紧要关头的生活事件或生命抉择。由于此时心情复杂，这类重大主题往往与复杂诗意纠缠在一起。从这个角度来说，长诗实质上就是复杂的诗，并常以戏剧化的形式体现出来。构成现代汉语长诗的这种复杂常常和诗人所处的时代发生广泛深入的联系。一个诗人接触的同代人越多，和他们的接触越深，就越有可能成就诗意的复杂。屈原在《离骚》中的悲愤抒情呈现了个人与国家相继沦亡的命运，他对民生多艰的太息，对权臣与小人的憎恨，尤其是在对楚王的反复埋怨中仍然包含着强烈的期待。这就是诗意的复杂。它是多维发散的，触及同代人的不同阶层，更重要的是，它在特定的人际关系中显示的并非单一的情感反应，而是对同一个人体现出不同甚至相反的混杂性感受。在某种程度上可以说，屈原对楚王的复杂态度也对应着他的生死抉择：对楚王尚存一线希望时他的生之留恋，对楚王完全失望时他的死之决绝。尽管《诗经》中已出现了长诗，但还算不上古代汉语长诗的代表作。《离骚》表明卓越的长诗往往出现于个人在时代的转变中面临重大抉择的时刻。昌耀的《慈航》诗意也很复杂。这首自传诗呈现的是一个时代的囚徒的命运。面对时代强加于他的迫害以及由此陷入的生存绝境，这位大山的囚徒兼"离骚"传统的继承人仍保持着对党的信任和忠诚，但他需要拯救——自我拯救与他人拯救。其中自我拯救对应着英雄主题，他人拯救则对应着爱的主题，《慈航》这部爱的史诗将这两个主题融为一体，爱成为"勇武百倍"的力量源泉。

就此而言，长诗最好诞生于时代的提问，完成于诗人的回答。饶有意味的是，何其芳、北岛和王家新都用"回答"这个词写过诗。回答式的写作其实是对话的变体，属于单向对话，在动情时则接近于对象未必在场的倾诉。即使那些不以"回答"为题的诗，其实也可以视为对相关问题的回答：《2001年，9月11日》是对恐怖活动的回答，《我，雪豹……》是对世界生态问题的回答。从这个角度说，那些不能发觉并回答时代之问，甚至不曾触及时代的长诗可能是浅薄的。不过，写这类长诗的难度在于，作者要将时代的突出问题融入诗歌主人公的个人生活中，通过个人写出特定的时代。而衡量其成功与否的标准便是能否塑造出鲜明的主人公形象，以及能否提炼出深刻揭示时代本质的意象，如欧阳江河诗中的广场，于坚诗中的档案，如此等等。写到这里，我不能不对《〇档案》表达敬意，这首对个人与时代关系高度提炼的长诗兼具先锋性与经典性的品格。在人人都被录入档案的时代里，为何人人都成了〇？这个命名真是耐人寻味。总之，个人与他人在特定时期的冲突或融合构成了现代汉语长诗复杂诗意的基本维度，并成为这个选本的内在尺度。

靠什么把诗意复杂且具有相当长度的诗句组织起来，这对诗人来说是个严峻的问题。本选本在衡量一首长诗在艺术上是否成功的依据是结构。首先要看该诗是否有清晰的结构，再看其结构是否严密，以使该诗成为一个容量丰富的整体，而不是松散的组合、随意的堆积。这是决定该诗能否入选的另一个尺度。依据上述分析，现代汉语长诗同样可以分成抒情型长诗、叙述型长诗和沉思型长诗。抒情型长诗往往借助某种主题性的感情构成反复出现的旋律，从而形成该诗的结构。不过，纯粹抒情的长诗容易空洞，依据"充实之谓美"的原则，本选本看好那些以抒情为主线，将相关的叙事片段融合起来的作品。同时推崇诗歌语言明朗清澈的作品，对那些语言晦涩模糊的制作置之不理。因为语言明朗清澈有益于诗意充实，而艰涩模糊的语言常常导致诗意的空疏。叙述型长诗则注重观察其叙述线条是否灵动，抒情效果是否突出，对那些过于客观繁琐的叙述并不认同。之所以用叙述型长诗这个说法，是因为它不限于叙事，还包括描述，对人物与景物的描述。相对来说，沉思型长诗的写作似乎更难，本选本认可的方式是将沉思融入景物描绘、事件叙述之中，以形成巧妙的象征和寓意关系，尽量避免枯燥的直接议论。由此可见，现代汉语长诗的复杂并不只是诗意的，也是诗艺的，这就必然要求长诗作者针对不同题材和主题综合运用各种表达方式，而贵在以特定的结构统领全诗。像《静安庄》以一年的十二个月为结构，浑然天成。《2011年，9月11日》则有巧夺天工之妙，该诗用六个标点符号作为各章标题：一个令人震惊的"！"，一个引人深思的"？"，随后依次是"——""（ ）""／"和"……"。这些符号恰切精到地传达并强化了内容，并在各章之间形成了内在的逻辑，堪称创新性结构。

就这个选本选入的诗人而言，抒情型长诗人有郭沫若、艾青、昌耀、吉狄马加；叙述型长诗人有闻一多、王家新、于坚、杨炼、翟永明、陈先发、西渡、胡丘陵、郑小琼；沉思型长诗人有穆旦、欧阳江河、黄灿然、韦白。当然，这只是相对的区分。从选入诗人的数量来看，叙述型诗人最多，这表明叙述是现代汉语长诗最常用的表达方式，即使是抒情型长诗与沉思型长诗也离不开叙述。此外，沉思型诗人多于抒情型诗人，恐怕这不只是表达方式的问题，也表明在现代诗人的生活中理性是重于感性的，具体在写作上便是表达的克制性，而非随意性。

早期的四首现代汉语长诗大体上奠定了现代汉语长诗的不同向度：郭沫若属于李白式抒情，艾青属于屈原式抒情，闻一多属于杜甫式叙述，穆旦属于屈原式沉思。就作品来说，《凤凰涅槃》是纯粹抒情的现代汉语长诗，这种纯粹促成了其恢宏气势，释放出"五四"时代的最强音。全诗以凤凰死而复生的传说为结构提炼出毁灭旧"我"以更新自我从而毁灭旧世界创造新世界的主题。《大堰河——我的保姆》是一首以抒情统帅叙述的诗，在追忆的情思中往事在词语中一一浮现，二者浓淡相宜，水乳交融，体现了青年艾青卓越的艺术才华。作为一位特殊的母亲，大堰河集劳动者、慈爱者、不幸者于一身，在这段特殊的母子情中呈现出来的大堰河形象体现了那个时代底层人的普遍命运，本诗也因此成为通过抒个人之情写时代之真的典范作品。《渔阳曲》表面上以叙述为主，其实浸润着抒情。该诗以祢衡击鼓骂曹为主线，格式严整：全诗十三节，每节十三行，各节均先用五行从视觉角度叙述宴会上的场景，以长句为主，与宏大的场景对应；再用八句从听觉上描摹击鼓之声，以短句为主，与鼓声的节奏对应，形成视听交错的蒙太奇景观。诗中连续以"丁东，丁东"来模仿鼓声，甚至使"不同，与众不同"听起来也像鼓声，达成了铿锵的鼓声与铿锵的诗句彼此激发相互应和的效果，从而使叙述也转化为强烈的抒情。穆旦的沉思诗往往以对话的形式传达现实生活中的戏剧化冲突，并将深沉的思想融入诗中，其抒情叙述往往贯穿着思考或以沉思为旨归。而《隐现》的开篇却是直接而漫长的布道，甚至可以说是对《传道书》的改写，然后才是充满抒情气息的自白与合唱以及祈祷。这应归因于诗人在时世轮回中对自身的迷惘与虚无感的迫切表达。

选本中的其余诗人基本上属于这些系统。就抒情系统的诗人而言，吉狄马加接近于郭沫若，他有一首写马雅可夫斯基的长诗，堪称对此的印证，不过其诗中也有对物的细腻刻画，呈现出综合倾向。昌耀接近艾青，只是其叙述造型更细微精湛。

属于叙述系统的诗人众多，异彩纷呈。正如闻一多是杜甫的精神传人一样，王家新是闻一多的"指定继承人"（斯文·伯克兹评沃尔科特语）：学者的严谨，翻译家的视野，内在的抒情气质。面对"被离婚"的现实，诗人如实写出了他当时极其艰难的克服过程和向死而生的应对态度，并最终以谅解获得了内心的明亮。就此而言，《回答》是一首伟大的诗，一首将个人的婚姻解体放在那个时代甚至是整个人类的背景中加以反思的诗。陈先发是叙述高手，尤其擅长哲理叙述：对叙述对象的全息把握，流畅中不时迸出的鲜明棱角，超然其上而能深入其中的穿透力。这使得他的叙述极具趣味性和启发性。胡丘陵长于机智叙述，将他对各种事物的不同观念与情感倾向融于叙述中："将毁灭的方向，当成／回家的方向""生命和使命，同时撞上／美利坚，美丽而坚固的大厦"。"毁灭"与"回家"在汉语里竟奇妙地并置在一起，而且"毁"与"回"同音；"生命"与"使命"的并置更精彩：这不是两条命，而是一个携带着使命的生命。"美利坚"被拆解成"美丽而坚固"，结果却是美丽被撞毁，坚固被击碎。从这些叙述中不难体会出作者的多维倾向。《一个钟表匠人的记忆》是凝练叙述的典范，这是本选本收入的最短的长诗，仅六十行，但它呈现了一个人完整的一生，暗示了一段暗恋的感情，提炼了一个慢的主题，具有丰富、立体、深刻这些长诗的要素。此外，于坚的档案式叙述则是富于创造性的叙述方式。

种种迹象表明，属于沉思系统的诗人正在增多，诗歌这种古老的抒情艺术经过大规模的叙述探索后势必演变成一种思索的艺术，以理性的方式表达抽象思想的诗。换句话说，情可以不抒，事可以不叙，遇到的问题却不能不想。黄灿然的冥想是一位诗人的冥想，其核心是诗在现实的挤压中如何展开自己。可以说这是一首表达诗歌观的诗，一首元诗，却写得摇曳多姿，丰盈湿润。而韦白笔下的大海既是实体也是现代社会生活的隐喻，尤其是其中写到受难、斗争和杀戮的部分。从黄灿然在游泳池畔的冥想到韦白面对或借助大海展开的沉思，无不表明思索对诗人与非诗人的重要性。从根本上说，这源于现代人的迷惘以及迷惘中对意义的探索，动荡以及动荡中对归宿的寻找，束缚以及束缚中对自由的追求。就此而言，沉思的诗是对现有生活的质疑，对精神虚无的填充，对压抑力量的反抗。

尽管不少诗人写过长诗，但致力于长诗创作并以长诗著称的诗人很少，杨炼和欧阳江河是这类诗人中的突出代表，而且他们的长诗创作具有稳定的持续性，不同时期的风格发生了不少变化。与其说杨炼是个文化的漂泊者，不如说他是文化的旅行者或整合者，其观念超越了单纯的"拿来"或"寻根"。杨炼的杰作《叙事诗》是本选本中最长的作品。全诗分三部："照相册：有时间的梦（不太快的快板）""水薄荷哀歌：无时间的现实（极慢的慢板）"和"哲人之墟：共时·无梦（小快板）"。从各部名称即可看出它们彼此应和：从有时间到无时间到共时，从梦到现实到无梦，从快板到慢板到小快板。从内容上说，首部以照相册为线索写青少年生活，侧重于外在的家国事件；中部以水薄荷为核心吟咏中年，侧重于内在的精神生活；末部写老年对生活的反思，跃升至哲理层面。全诗将个人经历与家国之变融为一体，将古今中外融为一体，将喜怒哀欲融为一体，结构宏大严密，处处精雕细刻。最让我吃惊的是长诗里的这种细部功夫，作者并不因其长而轻忽任何一个细节，就像《京剧课》一诗中所写的演员那样体现出舞台功夫和雅致之美。同时，杨炼把这首长诗命名为《叙事诗》而非《自传诗》，显示了他将自己的写作看得比自身的命运更重要。在我看来，杨炼的《叙事诗》是现代艳诗，以浓艳之词叙家国之事抒浓艳之情：母子情、父子情、夫妻情，以及诗人情（对屈原、李商隐、但丁等）等等。其中的母子情尤为动人，这让我推测此诗的写作源于对亡母的纪念。欧阳江河以雄辩著称：对隐秘事相的发现与讲述，轰鸣宣泄的话语瀑布，不容置疑的斩截语气，所有这些使他如同真理的化身，具有一种可供师法却未必能企及的导师气质。

　　女诗人的长诗往往具有女性视角，以女性的敏感呈现自身与世界的细腻接触。《静安庄》以其独特的叙述创造了一个幽灵般轻盈的存在。诗人以浑身长满柔韧触须的语言营造出充盈可感的陌生气息与神秘氛围，在这样一个特殊的空间，一位女知青完成了她艰难的进入和离开，带着难以康复却异常静默的被伤害感。广而言之，可以把静安庄视为尘世的凝缩，对它的进入和离开便构成了人的一生。可以说这样的作品充分体现了现代汉语的表现力。

如今新诗运动的历史已满百年，但长诗选本还很少。据我所知，仅有唐晓渡编的《与死亡对称》（北京师范大学出版社1993年版）和海啸编的《百年中国长诗经典》（中国画报出版社2010年版），其中前者还是长诗与组诗的混编。虽然组诗中的作品彼此相关，也可能会形成一定的结构，但毕竟不如长诗的结构那么严谨。本选本不选组诗。但有时长诗与组诗并不容易区分。长诗选本这个工作才刚刚开始，亟须展开。正因为编选的空间很大，编者根据自己的偏好确定了相应的倾向，尽管这限制了某些优秀现代汉语长诗的入选，但可以促成明显的特色，或许这正是自我设限的意义。

这本诗选以写作时间为序，二十世纪收入十一首长诗，二十一世纪收入七首长诗。在篇幅上暂定的标准是一千行以下，超过一千行的则为超级长诗。不过这个选本选入的主要是五百行以下的现代汉语长诗。对于超级长诗要么全选，要么不选。因为节选无法显示作品的整体性，选目也不过是提供一个篇名，却不能展示作品的原貌，没有多大意义。或许超级长诗最佳的存在形式是单行本。目前超级长诗的数量已有不少。如海子的《太阳·七部书》（1988）、骆一禾的《世界的血》（1990）、大解的《悲歌》（2000）、沈浩波《蝴蝶》（2010）、骆英的《第九夜》（2011）、杨键的《哭庙》（2013）等，其中以黄河为题材的超级长诗就有两部：马新朝的《幻河》（2001）和耿占坤的《黄河传》（2018）。对超级长诗的质量甄别需要付出更多的精力，有志于此的编者不妨一试。

程一身

2019 年 5 月 9 日

二十世纪现代汉语长诗

郭沫若（1892—1978）

四川乐山人。

新诗运动早期最具代表性的诗人。

凤凰涅槃

天方国古有神鸟名"菲尼克司"(Phoenix)，满五百岁后，集香木自焚，复从死灰中更生，鲜美异常，不再死。

按此鸟殆即中国所谓凤凰；雄为凤，雌为凰。

《孔演图》云："凤凰火精，生丹穴。"

《广雅》云："凤凰……雄鸣曰即即，雌鸣曰足足。"

序曲

除夕将近的空中，
飞来飞去的一对凤凰，
唱着哀哀的歌声飞去，
衔着枝枝的香木飞来，
飞来在丹穴山上。

山右有枯槁了的梧桐，
山左有消歇了的醴泉，
山前有浩茫茫的大海，
山后有阴莽莽的平原，
山上是寒风凛冽的冰天。

天色昏黄了，
香木集高了，
凤已飞倦了，
凰已飞倦了，
他们的死期将近了。

凤啄香木，
一星星的火点逆飞。
凰扇火星，
一缕缕的香烟上腾。

凤又啄，
凰又扇，
山上的香烟弥散，
山上的火光弥满。

夜色已深了，
香木已燃了，
凤已啄倦了，
凰已扇倦了，
他们的死期已近了。

啊啊！
哀哀的凤凰！
凤起舞，低昂！
凰唱歌，悲壮！

凤又舞，
凰又唱，
一群的凡鸟，
自天外飞来观葬。

凤歌

即即！即即！即即！
即即！即即！即即！
茫茫的宇宙，冷酷如铁！
茫茫的宇宙，黑暗如漆！
茫茫的宇宙，腥秽如血！

宇宙呀，宇宙，
你为什么存在？
你自从哪儿来？
你坐在哪儿在？
你是个有限大的空球？
你是个无限大的整块？
你若是有限大的空球，
那拥抱着你的空间
他从哪儿来？
你的外边还有些什么存在？
你若是无限大的整块，
这被你拥抱着的空间

他从哪儿来？
你的当中为什么又有生命存在？
你到底还是个有生命的交流？
你到底还是个无生命的机械？

昂头我问天，
天徒矜高，莫有点儿知识。
低头我问地，
地已死了，莫有点儿呼吸。
伸头我问海，
海正扬声而呜咽。

啊啊！
生在这样个阴秽的世界当中，
便是把金刚石的宝刀也会生锈！
宇宙呀，宇宙，
我要努力地把你诅咒：
你脓血污秽着的屠场呀！
你悲哀充塞着的囚牢呀！
你群鬼叫号着的坟墓呀！
你群魔跳梁着的地狱呀！
你到底为什么存在？

我们飞向西方，
西方同是一座屠场。
我们飞向东方，

东方同是一座囚牢。
我们飞向南方，
南方同是一座坟墓。
我们飞向北方，
北方同是一座地狱。
我们生在这样个世界当中，
只好学着海洋哀哭。

凰歌

足足！足足！足足！
足足！足足！足足！
五百年来的眼泪倾泻如瀑。
五百年来的眼泪淋漓如烛。
流不尽的眼泪，
洗不净的污浊，
浇不熄的情炎，
荡不去的羞辱，
我们这缥缈的浮生，
到底要向哪儿安宿？

啊啊！
我们这缥缈的浮生，
好像那大海里的孤舟，
左也是漂漫，

右也是溟漫，

前不见灯台，

后不见海岸，

帆已破，

樯已断，

楫已漂流，

柁已腐烂，

倦了的舟子只是在舟中呻唤，

怒了的海涛还是在海中泛滥。

啊啊！

我们这缥缈的浮生，

好像这黑夜里的酣梦，

前也是睡眠，

后也是睡眠，

来得如飘风，

去得如轻烟，

来如风，

去如烟，

眠在后，

睡在前，

我们只是这睡眠当中的

一刹那的风烟。

啊啊！

有什么意思！

有什么意思！

痴！痴！痴！

只剩些悲哀，烦恼，寂寥，衰败，

环绕着我们活动着的死尸，

贯串着我们活动着的死尸。

啊啊！

我们年轻时候的新鲜哪儿去了？

我们年轻时候的甘美哪儿去了？

我们年轻时候的光华哪儿去了？

我们年轻时候的欢哀哪儿去了？

去了！去了！去了！

一切都已去了，

一切都要去了。

我们也要去了，

你们也要去了。

悲哀呀！烦恼呀！寂寥呀！衰败呀！

凤凰同歌

啊啊！

火光熊熊了。

香气蓬蓬了。

时期已到了。

死期已到了。

身外的一切！

身内的一切！

一切的一切！

请了！请了！

群鸟歌

岩鹰

哈哈，凤凰！凤凰！

你们枉为这禽中的灵长！

你们死了吗？你们死了吗？

从今后该我为空界的霸王！

孔雀

哈哈，凤凰！凤凰！

你们枉为这禽中的灵长！

你们死了吗？你们死了吗？

从今后请看我花翎上的威光！

鸱枭

哈哈，凤凰！凤凰！

你们枉为这禽中的灵长！

你们死了吗？你们死了吗？
哦！是哪儿来的鼠肉的馨香？

家鸽

哈哈，凤凰！凤凰！
你们枉为这禽中的灵长！
你们死了吗？你们死了吗？
从今后请看我们驯良百姓的安康！

鹦鹉

哈哈，凤凰！凤凰！
你们枉为这禽中的灵长！
你们死了吗？你们死了吗？
从今后请听我们雄辩家的主张！

白鹤

哈哈，凤凰！凤凰！
你们枉为这禽中的灵长！
你们死了吗？你们死了吗？
从今后请看我们高蹈派的徜徉！

凤凰更生歌

鸡鸣

听潮涨了，
听潮涨了，
死了的光明更生了。

春潮涨了，
春潮涨了，
死了的宇宙更生了。

生潮涨了，
生潮涨了，
死了的凤凰更生了。

凤凰和鸣

我们更生了，
我们更生了。
一切的一，更生了。
一的一切，更生了。
我们便是他，他们便是我，
我中也有你，你中也有我。
我便是你。
你便是我。

火便是凰。

凤便是火。

翱翔！翱翔！

欢唱！欢唱！

我们新鲜，我们净朗，

我们华美，我们芬芳，

一切的一，芬芳。

一的一切，芬芳。

芬芳便是你，芬芳便是我。

芬芳便是他，芬芳便是火。

火便是你。

火便是我。

火便是他。

火便是火。

翱翔！翱翔！

欢唱！欢唱！

我们热诚，我们挚爱。

我们欢乐，我们和谐。

一切的一，和谐。

一的一切，和谐。

和谐便是你，和谐便是我。

和谐便是他，和谐便是火。

火便是你。

火便是我。

火便是他。

火便是火。

翱翔！翱翔！

欢唱！欢唱！

我们生动，我们自由。

我们雄浑，我们悠久。

一切的一，悠久。

一的一切，悠久。

悠久便是你，悠久便是我。

悠久便是他，悠久便是火。

火便是你。

火便是我。

火便是他。

火便是火。

翱翔！翱翔！

欢唱！欢唱！

我们欢唱，我们翱翔。

我们翱翔，我们欢唱。

一切的一，常在欢唱。

一的一切，常在欢唱。

是你在欢唱？是我在欢唱？

是他在欢唱？是火在欢唱？

欢唱在欢唱！

欢唱在欢唱！

只有欢唱！

只有欢唱！

欢唱!

　欢唱!

　　欢唱!

1920 年 1 月 20 日初稿

1928 年 1 月 3 日改删

闻一多（1899—1946）

湖北浠水人。

新诗运动早期致力于写长诗的诗人。其长诗主要有《李白之死》《剑匣》《渔阳曲》《长城下之哀歌》等。

长诗观

我觉得布局 design 是文艺之要素，而在长诗中尤为必需。因为若是拿许多不相关属的短诗堆积起来，便算长诗，那长诗真没有存在底价值。有了布局，长篇便成了一个多部分之总体，a composite whole，也可视为一个单位。宇宙底一切的美——事理的美、情绪的美、艺术的美，都在其各部分间和睦之关系，而不单在其每一部分底充实。诗中之布局正为求此和睦之关系而设也。

1923年3月17日致吴景超、梁实秋信

渔阳曲

白日底光芒照射着朱梦，
丹墀上默跪着双双的桐影。
宴饮的宾客坐满了西厢，
高堂上虎踞着他们的主人，
高堂上虎踞着威严的主人。

　　丁东，丁东，
　　沉默弥漫了堂中，
　　又一个鼓手，
　　在堂前奏弄，
　　这鼓声与众不同。
　　丁东，丁东，
　　听！你可听得懂？
　　听！你可听得懂？

银珑玉碟——尝不遍燕脯龙肝，
鸬鹚勺子泻着美酒如泉……
杯盘的交响闹成铿锵一片，
笑容堆皱在主人底满脸——
啊，笑容堆皱了主人底满脸。

　　丁东，丁东，
　　这鼓声与众不同——

它清如鹤唳，

它细似吟蛩；

这鼓声与众不同。

丁东，丁东，

听！你可听得懂？

听！你可听得懂？

你看这鼓手他不像是凡夫，

他儒冠儒服，定然腹有诗书；

他宜乎调度着更幽雅的音乐，

粗笨的鼓棰不是他的工具，

这双鼓棰不是这手中的工具！

丁东，丁东，

这鼓声与众不同——

像寒泉注涧，

像雨打枯桐；

这鼓声与众不同。

丁东，丁东，

听！你可听得懂？

听！你可听得懂？

你看他敲着灵鼍鼓，两眼朝天，

你看他在庭前绕一道长弧线，

然后徐徐地步上了阶梯，

一步一声鼓，越打越酣然——

啊，声声的叠鼓，越打越酣然。

丁东，丁东，

这鼓声与众不同——

陡然成急切，

忽又变成沉雄；

这鼓声与众不同。

丁东，丁东，

不同，与众不同！

不同，与众不同！

坎坎的鼓声震动了屋宇，

他走上了高堂，便张目四顾，

他看见满堂缩瑟的猪羊，

当中是一只磨牙的老虎。

他偏要撩一撩这只老虎。

丁东，丁东，

这鼓声与众不同；

这不是颂德，

也不是歌功；

这鼓声与众不同。

丁东，丁东，

不同，与众不同！

不同，与众不同！

他大步地跨向主人底席旁，

却被一个班吏匆忙地阻挡；

"无礼的奴才！"这班吏吼道，

"你怎么不穿上号衣，就往前瞎闯？

你没穿号衣，就往这儿瞎闯？"

　　丁东，丁东，

　　这鼓声与众不同——

　　分明是咒诅，

　　显然是嘲弄；

　　这鼓声与众不同。

　　丁东，丁东，

　　听！你可听得懂？

　　听！你可听得懂？

他领过了号衣，靠近栏杆，

次第的脱了皂帽，解了青衫，

忽地满堂的目珠都不敢直视，

仿佛看见猛烈的光芒一般，

仿佛他身上射出金光一般。

　　（丁东，丁东）

　　这鼓手与众不同；

　　他赤身露体，

　　他声色不动；

　　这鼓手与众不同。

　　（丁东，丁东）

　　真个与众不同！

　　真个与众不同！

满堂是恐怖，满堂是惊讶，

满堂寂寞——日影在石栏杆下；

飞起了翩翩一只穿花蝶，

洒落了疏疏几点木樨花，

庭中洒下了几点木樨花。

　　（丁东，丁东）

　　这鼓手与众不同——

　　莫不是涵醉？

　　莫不是癫疯？

　　这鼓手与众不同。

　　（丁东，丁东）

　　定当与众不同！

　　定当与众不同！

苍黄的号褂，露出一只赤臂，

头颅上高架着一顶银盔，——

他如今换上了全副的装束，

如今他才是一个知礼的奴才，

他如今才是个知礼的奴才。

　　丁东，丁东，

　　这鼓声与众不同——

　　像狂涛打岸，

　　像霹雳腾空；

　　这鼓声与众不同。

　　丁东，丁东，

　　不同，与众不同！

　　不同，与众不同！

他在主人的席前左右徘徊，

鼓声愈渐激昂，越加慷慨；

主人停了玉杯，住了象箸，

主人的面色早已变作死灰，

啊，主人的面色为何变作死灰？

　　丁东，丁东，

　　这鼓声与众不同——

　　擂得你胆寒，

　　挝得你发耸；

　　这鼓声与众不同。

　　丁东，丁东，

　　不同，与众不同！

　　不同，与众不同！

猖狂的鼓声在庭中嘶吼，

主人的羞恼哽塞在咽喉，

主人将唤起威风，呕出怒火，

谁知又一阵鼓声扑上心头，

把他的怒火扑灭在心头。

　　丁东，丁东，

　　这鼓声与众不同——

　　像鱼龙走峡，

　　像兵甲交锋；

　　这鼓声与众不同。

　　丁东，丁东，

　　不同，与众不同！

不同，与众不同！

堂下的鼓声忽地笑个不止，
堂上的主人只是坐着发痴；
洋洋的笑声洒落在四筵，
鼓声笑破了奸雄的胆子——
鼓声又笑破了主人的胆子。
　　（丁东，丁东）
　　这鼓手与众不同——
　　席上的主人，
　　一动也不动；
　　这鼓手与众不同。
　　（丁东，丁东）
　　定当与众不同！
　　定当与众不同！

白日的残辉绕过了雕楹，
丹墀上没有了双双的桐影。
无聊的宾客坐满了两厢，
高堂上呆坐着他们的主人，
高堂上坐着丧气的主人。
　　（丁东，丁东）
　　这鼓手与众不同——
　　惩斥了国贼，
　　庭辱了枭雄；
　　这鼓手与众不同。

（丁东，丁东）

真个与众不同！

真个与众不同！

原载1925年3月《小说月报》第16卷第3号

艾青（1910—1996）

浙江金华人。

新诗运动中涌现出来的重要诗人。

大堰河——我的保姆

大堰河，是我的保姆。
她的名字就是生她的村庄的名字，
她是童养媳，
大堰河，是我的保姆。

我是地主的儿子；
也是吃了大堰河的奶而长大了的
大堰河的儿子 。
大堰河以养育我而养育她的家，
而我，是吃了你的奶而被养育了的，
大堰河啊，我的保姆。

大堰河，今天我看到雪使我想起了你：
你的被雪压着的草盖的坟墓，
你的关闭了的故居檐头的枯死的瓦菲 ，
你的被典押了的一丈平方的园地，
你的门前的长了青苔的石椅，
大堰河，今天我看到雪使我想起了你。

你用你厚大的手掌把我抱在怀里，抚摸我；
在你搭好了灶火之后，

在你拍去了围裙上的炭灰之后，

在你尝到饭已煮熟了之后，

在你把乌黑的酱碗放到乌黑的桌子上之后，

在你补好了儿子们的为山腰的荆棘扯破的衣服之后，

在你把小儿被柴刀砍伤了的手包好之后，

在你把夫儿们的衬衣上的虱子一颗颗的掐死之后，

在你拿起了今天的第一颗鸡蛋之后，

你用你厚大的手掌把我抱在怀里，抚摸我。

我是地主的儿子，

在我吃光了你大堰河的奶之后，

我被生我的父母领回到自己的家里。

啊，大堰河，你为什么要哭？

我做了生我的父母家里的新客了！

我摸着红漆雕花的家具，

我摸着父母的睡床上金色的花纹，

我呆呆地看着檐头的我不认得的"天伦叙乐"的匾，

我摸着新换上的衣服的丝的和贝壳的纽扣，

我看着母亲怀里的不熟识的妹妹，

我坐着油漆过的安了火钵的炕凳，

我吃着碾了三番的白米的饭，

但，我是这般忸怩不安！因为我

我做了生我的父母家里的新客了。

大堰河，为了生活，

在她流尽了她的乳液之后，

她就开始用抱过我的两臂劳动了；

她含着笑，洗着我们的衣服，

她含着笑，提着菜篮到村边的结冰的池塘去，

她含着笑，切着冰屑悉索的萝卜，

她含着笑，用手掏着猪吃的麦糟，

她含着笑，扇着炖肉的炉子的火，

她含着笑，背了团箕到广场上去晒好那些大豆和小麦，

大堰河，为了生活，

在她流尽了她的乳液之后，

她就用抱过我的两臂，劳动了。

大堰河，深爱着她的乳儿；

在年节里，为了他，忙着切那冬米的糖，

为了他，常悄悄地走到村边的她的家里去，

为了他，走到她的身边叫一声"妈"，

大堰河，把他画的大红大绿的关云长贴在灶边的墙上，

大堰河，会对她的邻居夸口赞美她的乳儿；

大堰河曾做了一个不能对人说的梦：

在梦里，她吃着她的乳儿的婚酒，

坐在辉煌的结彩的堂上，

而她的娇美的媳妇亲切地叫她"婆婆"

…………

大堰河，深爱她的乳儿！

大堰河，在她的梦没有做醒的时候已死了。

她死时，乳儿不在她的旁侧，
她死时，平时打骂她的丈夫也为她流泪，
五个儿子，个个哭得很悲，
她死时，轻轻地呼着她的乳儿的名字，
大堰河，已死了，
她死时，乳儿不在她的旁侧。

大堰河，含泪的去了！
同着四十几年的人世生活的凌侮，
同着数不尽的奴隶的凄苦，
同着四块钱的棺材和几束稻草，
同着几尺长方的埋棺材的土地，
同着一手把的纸钱的灰，
大堰河，她含泪的去了。

这是大堰河所不知道的：
她的醉酒的丈夫已死去，
大儿做了土匪，
第二个死在炮火的烟里，
第三，第四，第五
在师傅和地主的叱骂声里过着日子。
而我，我是在写着给予这不公道的世界的咒语。
当我经了长长的漂泊回到故土时，
在山腰里，田野上，
兄弟们碰见时，是比六七年前更要亲密！
这，这是为你，静静的睡着的大堰河

所不知道的啊！

大堰河，今天，你的乳儿是在狱里，
写着一首呈给你的赞美诗，
呈给你黄土下紫色的灵魂，
呈给你拥抱过我的直伸着的手，
呈给你吻过我的唇，
呈给你泥黑的温柔的脸颜，
呈给你养育了我的乳房，
呈给你的儿子们，我的兄弟们，
呈给大地上一切的，
我的大堰河般的保姆和她们的儿子，
呈给爱我如爱她自己的儿子般的大堰河。

大堰河，
我是吃了你的奶而长大了的
你的儿子，
我敬你
爱你！

1933年1月14日，雪朝

穆旦（1918—1977）

天津人。

被誉为现代诗歌第一人。

隐现

让我们看见吧，我的救主。

1　宣道

现在，一天又一天，一夜又一夜，
我们来自一段完全失迷的路途上，
闪过一下星光或日光，就再也触摸不到了，
说不出名字，我们说我们是来自一段时间，
一串错综而零乱的，枯干的幻象，
使我们哭，使我们笑，使我们忧心
用同样错综而零乱的，血液里的纷争，
这一时的追求或那一时的满足，
但一切的诱惑不过诱惑我们远离；
远远的，在那一切僵死的名称的下面，
在我们从不能安排的方向，你
给我们有一时候山峰，有一时候草原，

　　　　有一时候相聚，有一时候离散，

　　　　有一时候欺人，有一时候被欺，

　　　　有一时候密雨，有一时候燥风，

　　　　有一时候拥抱，有一时候厌倦，

有一时候开始，有一时候完成，

有一时候相信，有一时候绝望。

主呵，我们摆动于时间的两极，

但我们说，我们是向着前面进行，

因为我们认为真的，现在已经变假，

我们曾经哭泣过的，现在已被遗忘。

一切在天空，地面，和水里的生命我们都看见过了，

我们看见在所有的变中只有这个不变，

无论你成功或失败只有这个不变，

新奇的已经发生过了正在发生着或者将要发生，然而只

　　有这个不变：

无尽的河水流向大海，但是大海永远没有溢满，海水又

　　交还河流，

一世代的人们过去了，另一个世代来临，是在他们被毁

　　的地方一个新的回转，

在日光下我们筑屋，筑路，筑桥：我们所有的劳役不过

　　是祖业的重复。

或者我们使用大理石塑像，崇拜我们的英雄与美人，看

　　他终竟归于模糊，

我们痛惜美丽的失去了，但失去的并不是它的火焰，

我们一切的发明不过为了——但我们从没有增加安适

　　也没有减少心伤。

我们和错误同在，可是我们厌倦了，我们追念自然，

以色列之王所罗门曾经这样说：

一切皆虚有，一切令人厌倦。

那曾经有过的将会再有，那曾经失去的将再被失去。

我们的心不断地扩张，我们的心不断地退缩，

我们将终止于我们的起始。

所以我们说：

我们能给出什么呢？我们能得到什么呢？

一切的原因迎接我们，又从我们流走，

所有古老的传统，所有的声音，所有的喜怒笑骂，所有
　的树木花草都在等待我们的降生，

有一个生命付与了这所有的让他们等待：

智者让智慧流过去，青年让热情流过去，先知者让忧患
　流过去，农人让田野的五谷流过去，少女让美的形象
　流过去，统治者让阴谋和残酷流过去，叛徒让新生的
　痛苦流过去，大多数人让无知的罪恶流过去，

我们是我们的付与，在我们的付与中折磨，

一切完成它自己；一切奴役我们，流过我们使我们完成。

所以我们说

我们能给出什么呢？我们能得到什么呢？

在一条永远漠然的河流中，生从我们流过去，死从我们
　流过去，血汗和眼泪从我们流过去，真理和谎言从我
　们流过去，

有一个生命这样地诱惑我们，又把我们这样地遗弃，

如果我们摇起一只手来：它是静止的，

如果因此我们变动了光和影，如果因此花朵儿开放，或
　者我们震动了另外一个星球，

主呵，这只是你的意图朝着它自己的方向完成。

2　历程

在自然里固定着人的命运
当人从自然的赤裸里诞生
他的努力是不断地获得
隔离了多的去获得那少的
当人从自然的赤裸里诞生
我要指出他的囚禁，他的回忆
成了他的快乐

情人自白：

全是不能站稳的
亲爱的，是我脚下的路程；
接受一切温暖的吸引在岩石上，
而岩石突然不见了。孩童的完整
在父母的约束里使我们前行：
那新鲜的知识，初见的
欢快，世界向我们不断地扩充，
可是当我爬过了这一切而来临，
亲爱的，坐在崩溃上让我静静地哭泣。

一切都在战争，亲爱的，
那以真战胜的假，以假战胜的真，
一的多和少，使我们超过而又不足，
没有喜的内心不败于悲，也没有悲

能使我们凝固，接受那样甜蜜的吻
不过是谋害使我们立即归于消隐。
那每一仞足的胜利的光辉
虽然胜利，当我终于从战争归来，
当我把心的疲倦呈献你，亲爱的，
为什么一切发光的领我来到绝顶的黑暗，
坐在崩溃的峰顶让我静静地哭泣。

合唱：

如果我们能够看见他
如果我们能够看见
我们的童年所不意拥有的
而后远离了，却又是成年一切的辛劳
同所寻求失败的，

如果人世各样的尊贵和华丽
不过是我们片面的窥见所赋予，
如果我们能够看见他
在欢笑后面的哭泣哭泣后面的
最后一层欢笑里，

在虚假的真实底下
那真实的灵活的源泉，
如果我们不是自禁于
我们费力与半真理的密约里

期望那达不到的圆满的结合，

在我们的前面有一条道路
在道路的前面有一个目标
这条道路指引我们又隔离我们
走向那个目标，

在我们黑暗的孤独里有一线微光
这一线微光使我们留恋黑暗
这一线微光给我们幻象的骚扰
在黎明确定我们的虚无以前

如果我们能够看见他
如果我们能够看见……

爱情的发见：

生活是困难的，哪里是你的一扇门？
这世界充满了生命，却不能动转
挤在人和人的死寂之中，
看见金钱的闪亮，或者强权的自由，
伸出脏污的手来把障碍摒除，
（在有行为的地方，就有光的引导。）
阴谋，欺诈，鞭子，都成了他的扶助。
他在黄金里看见什么呢？他从暴虐里获得什么呢？
　　宽恕他，为了追寻他所认为最美的，

他已变得这样丑恶，和冷酷。

生活是困难的，哪里是你的一扇门？

那为人讥笑的偏见，狭窄的灵魂

使世界成为僵硬，窒息，令人诅咒的，

无限的小，固执地和我们的理想战斗，

（在有行为的地方，就有光的引导。）

挡住了我们，使历史停在这里受苦。

他为什么不能理解呢？他为什么甘冒我们的怨怒呢？

宽恕他，因为他觉得他是拥抱了

真和善，虽然已是这样腐烂。

生活是困难的，哪里是你的一扇门？

我们追求繁茂，反而因此分离。

我曾经爱过，我的眼睛却未曾明朗，

一句无所归宿的话，使我不断地悲伤：

她曾经说，我永远爱你，永不分离。

（在有行为的地方，就有光的引导。）

虽然她的爱情限制在永变的事物里，

虽然她竟说了一句谎，重复过多少世纪，

为什么责备呢？为什么不宽恕她的失败呢？

宽恕她，因为那与永恒的结合

她也是这样渴求却不能求得！

合唱：

如果我们能够看见他

如果我们能够看见
不是这里或那里的苗生
也不是时间能够占有或者放弃的，

如果我们能够给出我们的爱情
不是射在物质和物质间把它自己消损，
如果我们能够洗涤
我们小小的恐惧我们的惶惑和暗影
放在大的光明中，

如果我们能够挣脱
欲望的暗室和习惯的硬壳
迎接他，
如果我们能够尝到
不是一层甜皮下的经验的苦心，
他是静止的生出动乱，
他是众力的一端生出他的违反。
他给安排的歧路和错杂！
为了我们倦了以后渴求
原来的地方。
他是这样地喜爱我们
他让我们分离
他给我们一点权力等它自己变灰，
他正等我们以损耗的全热
投回他慈爱的胸怀。

3　祈神

在我们的来处和去处之间，

在我们获得和丢失之间，

主呵，那日光的永恒的照耀季候的遥远的轮转和山河的

　无尽的丰富

枉然：我们站在这个荒凉的世界上，

我们是廿世纪的众生骚动在它的黑暗里，

我们有机器和制度却没有文明

我们有复杂的感情却无处归依

我们有很多的声音而没有真理

我们来自一个良心却各自藏起，

我们已经看见过了

那使我们沉迷的只能使我们厌倦，

那使我们厌倦的挑拨我们一生，

那使我们疯狂的

是我们生活里堆积的，无可发泄的感情

为我们所窥见的半真理利用，

主呵，让我们和穆罕默德一样，在他沙漠的岁月里，

让我们在说这些假话做这些假事时

想到你，

在无法形容你的时候，让我们忍耐而且快乐，

让你的说不出的名字贴近我们焦灼的嘴唇，无所归宿的

　手和不稳的脚步，

因为我们已经忘记了

我们各自失败了才更接近你的博大和完整，

我们绕过无数圈子才能在每个方向里与你结合，

让我们和耶稣一样，给我们你给他的欢乐，

因为我们已经忘记了

在非我之中扩大我自己，

让我们体验我们朝你的飞扬，在不断连续的事物里，

让我们违反自己，拥抱一片广大的面积，

主呵，我们这样的欢乐失散到哪里去了

因为我们生活着却没有中心

我们有很多中心

我们的很多中心不断地冲突，

或者我们放弃

生活变为争取生活，我们一生永远在准备而没有生活，

三千年的丰富枯死在种子里而我们是在继续……

主呵，我们衷心的痛惜失散到哪里去了

每日每夜，我们计算增加一点钱财，

每日每夜，我们度量这人或那人对我们的态度，

每日每夜，我们创造社会给我们划定的一些前途，

主呵，我们生来的自由失散到哪里去了

等我们哭泣时已经没有眼泪
等我们欢笑时已经没有声音
等我们热爱时已经一无所有
一切已经晚了然而还没有太晚，当我们知道我们还不知
　道的时候，

主呵，因为我们看见了，在我们聪明的愚昧里，
我们已经有太多的战争，朝向别人和自己，
太多的不满，太多的生中之死，死中之生，
我们有太多的利害，分裂，阴谋，报复，
这一切把我们推到相反的极端，我们应该
忽然转身，看见你

这是时候了，这里是我们被曲解的生命
请你舒平，这里是我们枯竭的众心
请你糅合，
主呵，生命的源泉，让我们听见你流动的声音。

1943 年初稿

1947 年定稿

昌耀（1936—2000）

湖南桃源人。

被誉为中国新诗运动中的一位大诗人。

慈航

1 爱与死

是的，在善恶的角力中
爱的繁衍与生殖
比死亡的戕残更古老、
　　　　　　更勇武百倍。

我，就是这样一部行动的情书。

我不理解遗忘。
也不习惯麻木。
我不时展示状如兰花的五指
朝向空阔弹去——
触痛了的是回声。

然而，
只是为了再听一次失道者
败北的消息
我才拨动这支
命题古老的琴曲？
　　在善恶的角力中

爱的繁衍与生殖

比死亡的戕残更古老、

更勇武百倍。

2　记忆中的荒原

摘掉荆冠

他从荒原踏来，

重新领有自己的运命。

眺望旷野里

气象哨

雪白的柱顶

横卧着一支安详的箭镞……

但是，

在那不朽的荒原——

不朽的

那在疏松的土丘之后竖起前肢

独对寂寞吹奏东风的旱獭

是他昨天的影子？

不朽的——

那在高空的游丝下面冲决气旋

带箭失落于昏溟的大雁、

那在闷热的刺棵丛里伸长脖颈

手持石器追食着蜥蜴的万物之灵

　　　　　　是他昨天的影子？

在不朽的荒原。

在荒原不朽的暗夜。

在暗夜浮动的旋梯——

　　那烦躁不安闪烁而过的红狐、

　　那惊犹未定倏忽隐遁的黄鼬、

　　那来去无踪的鸥鸺、

　　那旷野猫、

　　那鹿麂、

　　那磷光、

　　……可是他昨天的影子？

我不理解遗忘。

当我回首山关，

夕阳里覆满五色翎毛，

——是一座座惜春的花冢。

3　彼岸

于是，他听到了。

听到土伯特人沉默的彼岸

大经轮在大慈大悲中转动叶片。

他听到破裂的木筏划出最后一声

长泣。

当横扫一切的暴风
将灯塔沉入海底，
旋涡与贪婪达成默契，
彼方醒着的这一片良知
是他唯一的生之涯岸。

他在这里脱去垢辱的黑衣
留在埠头让时光漂洗，
把遍体流血的伤口
裸陈于女性吹拂的轻风——
是那个以手背遮羞的处女
解下袍襟的荷包，为他
献出护身的香草……

    在善恶的角力中
    爱的繁衍与生殖
    比死亡的戕残更古老、
          更勇武百倍！
是的，
当那个老人临去天国之际
是这样召见了自己的爱女和家族
  "听吧，你们当和睦共处，
  他是你们的亲人、
  你们的兄弟，
  是我的朋友，和
    ——儿子！"

4 众神

再生的微笑。
是劫余后的明月。
我把微笑的明月
寄给那个年代
良知不灭的百姓。
寄给弃绝姓氏的部族。
寄给不留墓冢的属群。

那些占有马背的人，
那些敬畏鱼虫的人，
那些酷爱酒瓶的人，
那些围着篝火群舞的，
那些卵育了草原、耕作牧歌的，
　　　　　　猛兽的征服者，
　　　　　　飞禽的施主，
　　　　　　炊烟的鉴赏家，
　　　　大自然宠幸的自由民，
是我追随的偶像。

——众神！众神！
众神当是你们！

5　众神的宠偶

这微笑
是我缥缈的哈达
寄给天地交合的夹角
生命傲然的船桅。
寄给灵魂的保姆。
寄给你——
　　草原的小母亲。

此刻
星光之曲
又从寰宇
向我散发出
有如儿童肤体的乳香；
黎明的花枝
为我在欢快中张扬，
破译出那泥土绝密的哑语。

你哟，踮起赤裸的足尖
正把奶渣晾晒在高台。
靠近你肩头，
婴儿的内衣在门前的细枝
以旗帜的亢奋
解说万古的箴言。
墙壁贴满的牛粪饼块

是你手制的象形字模。
轻轻摘下这迷人的辞藻，
你回身交给归来的郎君，
托他送往灶坑去库藏。

 （我看到你忽闪的睫毛

  似同稞麦含笑之芒针；

  我记得你冷凝的沉默

  曾是电极触发之弧光。）

那个夜晚，正是他
向你贸然走去。
向着你贞洁的妙龄，
向着你梦求的摇篮，
向着你心甘的苦果……
带着不可更改的渴望或哀悼，
他比死亡更无畏——
他走向彼岸，
走向你

  众神的宠偶！

6 邂逅

他独坐裸原。
脚边，流星的碎片尚留有天火的热吻。
背后，大自然虚构的河床——

鱼贝和海藻的精灵
从泥盆纪脱颖而出，
追戏于这日光幻变之水。
没有墓冢。
鹰的天空
交织着钻石多棱的射线。

直到那时，他才看到你从仙山驰来。
奔马的四蹄陡然在路边站定。
花蕊一齐摆动，为你
摇响了五月的铃铎。

——不悦么，旷野的郡主？
……但前方是否有村落？

他无须隐讳那些阴暗的故事、
那些镀金的骗局、那些……童话。
他会告诉你有过那疯狂的一瞬——
有过那春季里的严冬：

          冷酷的纸帽，

          癫醉的棍棒，

          嗜血的猫狗……

天下奇寒，雏鸟
在暗夜里敲不醒一扇
庇身的门窦。

他会告诉你：为了光明再现的柯枝，
必然的妖风终将他和西天的羊群一同
裹挟……
而所在羁留的那个古老的山呷，
原本是山神的祭坛。
秋气之中，间或可闻天鹅的呼唤，
雪原上偶尔留下
白唇鹿的请柬，
——那里原是一个好地方……

…………

…………

黄昏来了，
宁静而柔和。
土伯特女儿墨黑的葡萄在星光下思索，
似乎向他表示：

      ——我懂。

      我献与。

      我笃行……

那从上方凝视他的两汪清波
不再飞起迟疑的鸟翼。

7　慈航

> 花园里面的花喜鹊
> 花园外面的孔雀
> 　　　　　——本土情歌

于是，她赧然一笑，
从花径召回巡守的家犬，
将红绡拉过肩头，
向这不速之客暗示：

　　——那么，
　　把我的跌辔送给你呢
　　　　　　好不好？
　　把我的马驹送给你呢
　　　　　　好不好？
　　把我的帐幕送给你呢
　　　　　　好不好？
　　把我的香草送给你呢
　　　　　　好不好？

美啊，——
黄昏里放射的银耳环，
人类良知的最古老的战利品！

是的，在善恶的角力中

爱的繁衍与生殖
比死亡的戕残更古老、
        更勇武百倍!

8 净土

雪线……
那最后的银峰超凡脱俗,
成为蓝天晶莹的岛屿,
归属寂寞的雪豹逡巡。
而在山麓,却是大地绿色的盆盂,
昆虫在那里扇动翅翼
梭织多彩的流风。

牧人走了,拆去帐幕,
将灶群寄存给疲惫了的牧场。
那粪火的青烟似乎还在召唤发酵罐中的
曲香,和兽皮褥垫下肢体的烘热……

在外人不易知晓的河谷,
已支起了牧人的夏宫,
土伯特人卷发的婴儿好似袋鼠
从母亲的袍襟探出头来,
诧异眼前刚刚组合的村落。

……一头花鹿冲向断崖，
扭作半个轻柔的金环，
瞬间随同落日消散。
而远方送来了男性的吆喝，
那吐自丹田的音韵，久久
随着疾去的蹄声在深山传递。

高山大谷里这些乐天的子民
护佑着那异方的来客，
以他们固有的旷达
决不屈就于那些强加的忧患
　　　　和令人气闷的荣辱。

这里是良知的净土。

9　净土（之二）

……而在白昼的背后
是灿烂的群星。

升起了成人的诱梦曲。
筋骨完成了劳动的日课，
此刻不再做神圣的醉舞。
杵杆，和奶油搅拌桶
最后也熄灭了象牙的华彩。

沿着河边
无声的栅栏——
九十九头牦牛以精确的等距
缓步横贯茸茸的山阜,
如同一列游走的
堆堡。

灶膛还醒着。
火光撩逗下的肉体
无须在梦中羞闭自己的贝壳。
这些高度完美的艺术品
正像他们无羁的灵魂一样裸露
承受着夜的抚慰。

——生之留恋将永恒、永恒……

但在墨绿的林莽,
下山虎栖止于断崖,
再也克制不了难熬的孤独,
飞身擦过刺藤。
寄生的群蝇
从虎背拖出了一道噼啪的火花
急忙又——
　　　追寻它们的宿主……

10　沐礼

他是待娶的"新娘"了！

在这良宵
为了那个老人临终的嘱托，
为了爱的最后之媾合，
他敧立在红毡毯。
一个牧羊妇捧起熏沐的香炉
蹲伏在他的足边，
轻轻朝他吹去圣洁的
柏烟。

一切无情。
一切含情。
慧眼
正宁静地审度
他微妙的内心。

心旌摇荡。
窗隙里，徐徐飘过
三十多个祈福的除夕……
烛台遥远了。
迎面而来——
他看到喜马拉雅丛林
燃起一团光明的瀑雨。

而在这虚照之中潜行

是万千条挽动经轮的纤绳……

他回答：

——"我理解。

　　我亦情愿。"

迎亲的使者

已将他扶上披红的征鞍，

一路穿越高山冰坂，和

激流的峡谷。

吉庆的火堆

也已为他在日出之前点燃。

在一处石砌的门楼他翻身下马，

踏稳那一方

特为他投来的羊皮。

就从这坚实的舟楫，

怀着对一切偏见的憎恶

和对美与善的盟誓，

他毅然跃过了门前守护神狞厉的

火舌。

……然后

才是豪饮的金盏。

是燃烧的水。

是花堂的酥油灯。

11　爱的史书

…………
…………

在不朽的荒原。
在荒原那个黎明的前夕，
有一头难产的母牛
独卧在冻土。
冷风萧萧，
只有一个路经这里的流浪汉
看到那求助的双眼
饱含了两颗痛楚的泪珠。
只有他理解这泪珠特定的象征。

　　——是时候了：
　　该出生的一定要出生！
　　该速朽的必定得速朽！

他在绳结上读着这个日子。
那里，有一双佩戴玉镯的手臂
将指掌抠进黑夜模拟的厚壁，
绞紧的辫发
搓揉出蕴积的电火。

在那不见青灯的旷野，
一个婴儿降落了。

笑了的流浪汉
读着这个日子，潜行在不朽的
荒原。

        ——你啊，大漠的居士，笑了的
        流浪汉，既然你是诸种元素的衍生物
        既然你是基本粒子的聚合体，
        面对物质变幻无涯的迷宫，
        你似乎不应忧患，
            也无须欣喜。
        你或许
        曾属于一只
        卧在史前排卵的昆虫；
        你或许曾属于一滴
        熔在古鼎享神的
        浮脂。

        设想你业已氧化的前生
        织成了大礼服上传世的绶带；
        期望你此生待朽的骨骸
        可育作沙洲一株啸嗷的红柳。

        你应无穷的古老，超乎时空之上；
        你应无穷的年轻，占有不尽的未来。
        你属于这宏观整体中的既不可多得、
        也不该减少的总和。

你是风雨雷电合乎逻辑的选择。

你只当再现在这特定时空相交的一点。

但你毕竟是这星体赋予了感官的生物。

是岁月有意孕成的琴键。

为了遗传基因尚未透露的丑恶，

为了生命耐力创纪录的拼搏，

你既是牺牲品，又是享有者，

你既是苦行僧，又是欢乐佛。

…………

…………

是的，在善恶的角力中

爱的繁衍与生殖

比死亡的戕残更古老、

          更勇武百倍！

12　极乐界

当春光

与孵卵器一同成熟，

草叶，也啄破了严冬的薄壳。

这准确的信息岂是愚人的谵妄！

万物本蕴涵着无尽的奥秘：

地幔由运动而矗起山岳；
生命的晕环敢与日冕媲美；
原子的组合在微观中自成星系；
芳草把层层色彩托出泥土；
刺猬披一身锐利的箭镞……

当大道为花圈的行列开放绿灯，
另有一支仅存姓名的队伍在影子里
行进。
　　是时候了。
　　该复活的已复活。
　　该出生的已出生。

而他——
摘掉荆冠
从荒原踏来，
走向每一面帐幕。
他忘不了那雪山，那香炉，那孔雀翎。
他忘不了那孔雀翎上那众多的眼睛。
他已属于那一片天空。
他已属于那一片热土。
他已属于那一个没有玉笏的侍臣。

而我，
展示状如兰花的五指
重又叩响虚空中的回声，

听一次失道者败北的消息，

也是同样地忘怀不了那一切。

　　是的，将永远、永远——

　　爱的繁衍与生殖

　　比死亡的戕残更古老、

　　　　　更勇武百倍！

1980.2.9—1981.6.25

翟永明（1955—）

女，1955年出生于四川成都。1974年高中毕业下乡插队。毕业于四川成都电讯工程学院。曾供职某物理研究所。1981年开始发表诗作。其代表作品有《女人》《在一切玫瑰之上》《纽约，纽约以西》等诗歌、散文集十多部。2005年入选"中国魅力50人"，2010年入选"中国十佳女诗人"。2007年获"中坤国际诗歌奖·A奖"；2011年获意大利Ceppo Pistoia国际文学奖，该奖评委会主席称翟永明为"当今国际最伟大的诗人之一"。

静安庄

第一月

——辛丑土

闲轸

春社：二月十六月

仿佛早已存在，仿佛已经就绪
我走来，声音概不由己
它把我安顿在朝南的厢房

第一次来我就赶上漆黑的日子
到处都有脸型相像的小径
凉风吹得我苍白寂寞
玉米地在这种时刻精神抖擞
我来到这里，听见双鱼星的噪叫
又听见敏感的夜抖动不已

极小的草垛散布肃穆
脆弱唯一的云像孤独的野兽
蹑足走来，含有坏天气的味道
如同与我相逢　成为值得理解的内心

鱼竿在水面滑动

忽明忽灭的油灯

热烈沙哑的狗吠使人默想

昨天巨大的风声似乎了解一切

不要容纳黑树

每个角落布置一次杀机

忍受布满人体的时刻

现在我可以无拘无束地成为月光

已婚夫妇梦中听见　卯时雨水的声音

黑驴们靠着石磨商量明天

那里，阴阳混合的土地

对所有年月了如指掌

我听见公鸡打鸣

又听见辘轳打水的声音

第二月

从早到午，走遍整个村庄

我的脚　听从地下的声音

让我到达沉默的深度

无论走到哪家门前，总有人站着

端着饭碗，有人摇着空空的摇篮

走过一堵又一堵墙，我的脚不着地
荒屋在那里穷凶极恶，积着薄薄红土
是什么挡住我如此温情的视线？
在蚂蚁的必死之路
脸上盖着树叶的人走来
向日葵被割掉头颅。粗糙糜烂的脖子
伸在天空下如同一排谎言
蓑衣装扮成神，夜里将作恶多端

寒食节出现的呼喊
村里人因抚慰死者而自我节制
我寻找，总带着未遂的笑容
内心伤口与他们的肉眼连成一线
怎样才能进入静安庄？
尽管每天都有溺婴尸体和服毒的新娘

他们回来了，花朵列成纵队反抗
分娩的声音突然提高
感觉落日从里面崩溃
我在想：怎样才能进入
这时鸦雀无声的村庄

第三月

此疫终年如一：似水结冰、似火

而三月作为势力，它们一无所获
我们看到的气体极度透明
无节奏的跳动、流行
通过睁开或合拢的眼皮

我来时一片寂静，村庄的中心是石榴
风以不祥的姿态独占屋顶
成群的人走过，怕水里的影子如同手相

此疫来源不明：
目光所及的影子　消失外形
村庄如同致命的时刻流向我
或生或死，或轻轻踩出灰色雾气
水是活的，我触摸，感觉欲望上升
天空又灰又白，裸露生病的皮肤
土豆的颜色呈现暴殄的精彩

此疫为何降临　无人知道
进城的小贩看见无辜的太阳
无数死鱼睁大坚韧的眼睛
在惨无人色的内心里
我无法感觉它们的回光返照

死者懂得沉默的力量，但愿
我所在的位置保持它一贯的风水

人们并无知觉
连枷敲打着不毛之地

第四月

四月是最残忍的一个月
他们擅长微笑，
他们有如此透明的凶器
燕子带着年复一年的怪味，
落满正方形的院子，丁香就在门前喧嚷

我蒙着脸走过但并不畏惧
月亮像一颗老心脏
我的血统与它相近
你尘世的眼光注视我，
响起母亲愤怒的声音
昼和夜茫然交替不已
永恒的脐带绞死我

我看见婚礼的形象
在生命的中心，孤独微笑
它仍在每家每户结下绳形，
面色如土的孩子们攥紧沙粒宣布死期
在另一头，攥紧泥土的那只手
本身是土，从更远的地方来，被风继承

蹲在水边，玻璃的头破坏隐喻
那使生命变得粗糙的他

是我异姓的兄长，圆锥形树像人一样哭泣
乌鸦站在祠堂头顶　它们生于古代，
偶然知晓今天落日的崩溃
水在梦中发现苦闷

我的脸无动于衷，使天空倾斜，使静安庄
具备一种寒冷的味道。不动
但一生被废墟的平静破坏，
头向刻满印褶的石页生长并裂开

自己的皱纹，耐心的古井吸干地底，心被出卖
苍鹰磨利视线　羊圈主人黑得像树
他正缓慢死亡，如一间荒屋被日光忽略
它苍白　无血无实体

静安庄坐南朝北，缺乏光洁度
它降临　如同普通的故事
与你同病相怜，蛋形面孔充满张力，
它的眼　在夜里升上头顶，令人目眩

生下我，又让我生育的母亲
从你的黑夜浮上来
我是唯一生还者，在此地

我的脚只能听从地下的声音
以一向不抵抗的方式
迟迟到达沉默的深度

夜晚这般潮湿和富有生殖力，有条纹的窗纸
使我想起内心，在转弯处
用拐摸索走路的盲者，从石头里看见我
最底层的命运被　许多神低声预言过

四月是最残忍的一个月，它微笑的性情越过腐烂
更具光彩，群居的家族
匍匐于祭扫之日，老烟叶排成
奇怪的行列，它在想：这个鸦雀无声的村庄

第五月

这是一个充满怀疑的日子，她来到此地
月亮露出凶光，繁殖令人心碎的秘密

走在黑暗中，夜光粼粼，天然无饰
她使白色变得如此分明
许多夜晚重新换过，她的手
放在你胸前依然神秘
蚕豆花细心地把静安庄吃掉
他人的入睡芬芳无比

在水一方，有很怪的树轻轻冷笑
有人叹息无名，她并不介意
进入你活生生的身体
使某些东西成形，它们是活的？

痛苦的树在一夜间改变模样
麦田守望人惊异
波动的土地使自己的根　彻底消失
她去、她来，带着虚幻的风度
硕大无朋的石榴　从拐角两边的矮墙
露出内在淫欲的颜色
缓缓走动，憎恨所有的风
参与各种事物的恶毒，她一向如此

甘美倾心的声音在你心内
早已变成不明之物
其他失眠者的五月，因想到
扶乩的咒语，微微泛起不自觉的怯意

第六月

夜里月黑风高　男孩子们练习杀人
粗野的麦田潜伏某种欲念
我闻到整个村庄的醉意

有半年光景我仰面看它

直到畸形的身躯变成无垠

它旋转　犹如门轴生了锈

人们酗酒作乐　无人注意我

但我从一堆又一堆垃圾中

听到它的回声来自地心

满身尘埃的人用手触摸

黑檀木桌的神秘裂纹

想起盛朝年间的传说

今晚将有月食　妻子在木盆里净身

眼中充满盲目的恐惧

天空抽搐着，对我讳莫如深

祖先土葬的坟地

从墙缝处　裂开无数失神的眼睛

翌晨，掘墓者发现

诸侯的床已被白蚁充满

我，我们偶然的形体

在黑暗中如何，在白昼也同样干枯

第七月

——处暑若逢天降雨

纵然结实也难留

谁能告诉我下雨的日子，我凝视那只毒眼
白露时节悬挂陌生气候
我始终在这个枯井村庄
先看见一块大石头，再看见它上面古老的血

在阳光下显现，男人和女人走过，跪着恳求太阳，
死去的路发白　日落方向迫近我的躯体，
圆卵石封锁河面，此时如同最大的悲怆

左手捧着土，右手捧着水，火在头顶炫耀，
而树已与天空结为同盟
永远只有一种可能出现
炊烟已进入外表神圣的时刻，目光焦躁如深夜

人神一体的祖母仰面于天，星星不断轮转
极端的预言表明　寻找水源的人
灵魂已冒出热气，在我口中
有无名的裂痕难以启齿

在上或者在下，召集群岛以宽大的方式
以死亡的气质，在黑暗中也能看到
蝗虫的眼睛　来，在这里
粗暴的内心　他们的目光在天上
双手却在滚烫的尘土里　背负于天
猛然看见天空呈现错乱色彩
周身布满被撕裂的痛楚

猫头鹰儿子给白昼留下空隙，
张嘴发出吓人的笑声　使旱季倾斜而固执

水车无病呻吟，年轻的牛在憧憬，
被神附体的女人出现，无人娶她为妻
青枫树不计时日，在这儿出生和死亡，
旧宅的人离去，守夜者半睡半醒

身怀六甲的妇女带着水果般倦意，
血光之灾使族人想起贪心的墓场
老人们坐在门前，橡皮似的身体
因干渴对神充满敬意，目光无法穿过

傍晚清凉热烈的消息，强奸于正午发生，
如同一次地震，太阳在最后时刻松弛，
祈祷布满村庄，抬起的头因苦难而肿胀

看见无声无息的光　染红麦草翻盖的屋顶
梦中发现稀罕的东西，掠夺者何处而至？
腹中装满家酿酒的烈性
我始终在这个枯井村庄
先看见一块大石头
再看见古老的血重新显现
一根桩子在万物欢腾时寂寞
像一个老人　失去深度
喊声来自天空　使浑身发凉

最后的时刻　　因看到雨水而醒目

第八月

八月有人睡在我的隔壁
他的麦秸草身体柔软无比
向日葵发出氤氲的臭味
好像阳光下的葡萄胎

他咧着嘴，仿佛至死都不悔改
我们憎恨太阳，并忘掉它的血
如果此刻我幸免悲伤，是因为
我始终保持可怕的光彩
一只手伸向平原，它的心塞满稻草

赤裸的街道发出响声
如成熟的鸟卵，内心装满白色空间
被风慢慢吹硬了老骨头
石灰窖发出仅存的感染
来自旱季的消息使我闻到罪行
人头攒动，谁仰面去看
谁就化为石头

靠近我家的牲口栏
我看见过兽性燃烧的火焰

嗜酒成性的父亲不睡觉时
也看见妻子的遗言
什么东西撕毁她，走来走去？
内部永远是黑空气
男孩子睡在马厩
注视他的动物灵魂
我们憎恨太阳，仿佛至死都不悔改

第九月

——壬寅金

丑时霜降

去年我在大沙头，梦想这个村落
满脸雀斑焕发九月的强度
现在我用足够的挥霍破坏
把居心叵测的回忆戴在脸颊上

是我把有毒的声音送入这个地带吗？
我十九，一无所知，本质上仅仅是女人
但从我身上能听见直率的嗥叫
谁能料到我会发育成一种疾病？

我居住在这里，冷若冰霜，不失天真模样
从未裸体，比干净的草堆更惬意

太阳突然失踪，进入我最热情的部位
那时我还年轻，保持无边的缄默

呆板，但诚心诚意
原封不动，我有时展开双臂
这一带曾是水洼，充满异物的眼光
第九月的庄稼长势很好

踩在泥土上，本身也是土
我出生时看见夜里的生灵倾向我
皂角树站在窗前，对我施以暴力
恶梦中出现的沉默男子，一生将由他安排

怀着未来的影子，北风嚣张时
我让雨顺着黑垩石流入我身体
贫穷不足为奇，只是一种方式
循环和繁殖，听惯这村庄隐处的响声

第十月

温存的瞬间倾向我
如此继续的梦投入我的怀抱
在它们生长之前，听见土地嘶嘶的
挣扎声，像可怕的胎动
那裂痕与我的伤口相似

嚼着盐，嚼着板蓝草根
把手轻轻放在堇菜花上
我感觉我支配一切

陌生人走向夜间出现的亡灵
死亡的种子在第十月长出生命
无声无息，骨头般枯竭的脸
我是怎样散发天真气息？但朝向我的
是怎样无动于衷的眼睛？
在我诞生之前就注视这个村庄

沉默的婴儿横卧田塍，如我的肉体
横卧菜砧上，沾满液体的手
具有先见性，皱巴巴的面孔愚不可救
一只眼睛慢慢睁开，和太阳的视线一致
感到掌心握着发烫的种子

方圆十里之内，先有火，再有水
于是逆光中这片翻松的土地
爬出一种古老的调子自我毁灭
除了时间，并无其他以埋藏这样长久的
根源，沿着这座病态的村庄回首
我忘记了那个位置，那儿人烟稀少

第十一月

并非高不可攀，而是无物可攀
那个别的形同枯槁的天空
把你苦行主义的脸移开
我用四面八方的雪繁殖冬天的失败

即使在别处，这一片白色也带着你的气味
风萧萧而过，我关闭目光
因为内心萌起纵火的恶念
很静、很长的一瞬间
不动声色，我们吹气如兰
并侵犯彼此的软弱语言

我无意中走进这个村庄
无意中看见你，我感到
一种来自内部的摧残将诞生
我们蒙受的热度使这一带
呈现错误色彩，我十九，你也一样
落日接近脚底时
把我们构成交叉的三角形
你走，你来，你的脸和云的脸实为一体

纯偶然的时刻，你神秘而冷淡的手指
依然紧攥、两个灵魂深不可测
越过你和谐的身体

我始终感到你内心分裂的痛楚

在每个角落，与我同在

第十二月

如今已到离开静安庄的时候

牝马依然敲响它的黑蹄

西北风吹过无人之境，使一群牛犊想起战争

……

迄今无法证明空虚的形体，落日像瘟疫降临

坐在村头　内心疮痍如一棵树

双手布置白色树液的欲望，被你唤醒

我抬头看见飞碟偶然出现，偷偷抚摸

怀中之石，临别与我接吻

整个村庄蒙受你的阴沉

鞋子装满沙粒，空气密布麦芽气味

太阳又高又冷，努力想成为有脑髓的生物

年迈的妇女　翻动痛苦的鱼

每个角落　人头骷髅装满尘土

脸上露出干燥的微笑，晃动的黑影

步行的声音来自地底

如血液流动，蝴蝶们看见

自己投奔死亡的模样

与你相似，距离是所有事物的中心
在地面上，我仍是异乡的孤身人

始终在这个鸦雀无声的村庄，耳听此时出生的
古老喉音，肋骨隐隐作痛
一度可接近的时间　为我
打开黑夜的大门，女孩子站在暮色里

灰色马、灰色人影，石板被踢起的火花照亮，
一种恶心感觉像雨
淋在屋顶，婴儿的苦闷产生
我们离开，带着无法揣测的血肉之躯
归根结蒂，我到过这里，讨人喜爱
我走的时候却不怀好意
被烟熏出眼泪，目光朝向
伤了元气的轮回部分和古老皱纹

低飞的鸟穿过内心使我一无所剩
刻着我出生日期的老榆树
与结满我父亲年龄的旧草绳
因给予我们生命而骄傲

村里的人站在向阳的斜坡上，对白昼怀疑
又绕尽远路回到夜里休息
老年人深深的目光　使布满恶意的冬天撤退

使我强有力的脸上出现裂痕。
最先看见魔术的孩子站在树下
他仍在思索：所有这一切是怎样变出来的
在看不见的时刻

1985.12

欧阳江河（1956—）

男，汉族，1956生于四川省泸州市，原名江河。1979年开始发表诗歌作品，1983年至1984年间，他创作了长诗《悬棺》。其代表作有《玻璃工厂》《计划经济时代的爱情》《傍晚穿过广场》《最后的幻象》《椅中人的倾听与交谈》《咖啡馆》《雪》《凤凰》等。著有诗集《透过词语的玻璃》《谁去谁留》《事物的眼泪》，评论集《站在虚构这边》，其写作理念对20世纪90年代以来的中国诗坛有较大的影响。

长诗观

我不愿意成为任何引领，更愿意是挑战，对欧阳江河自己也是一个挑战，不是一定比过去写得好，就是不一样，提出更高的要求、更持续的强度、更广阔的视野，提出更多的不确定、又是更坚定的——长诗一定要追求不确定性，这也是反对语言消费的努力。……长诗写作至少不会使读者从消费的角度来阅读。语言的风景在我的长诗写作中一定被拒之门外。我的长诗不可能只是机智，而是包含了大量的笨、深奥，这是我刻意为之的。长诗写作对我来说也是一种折磨和笨。长诗写作是对抗语言变成纯粹消费、狂欢对象，是对抗的有效方式，这是我语言抱负的一部分。我的问题意识、我的立场、我的生存、我的思考变成镜像投射到长诗，写得艰难、固执、不讨好——我要承受种种说法，要使长诗成为这个时代使用中文的人智力生活的一种高处不胜寒的东西，至少不被消费，哪怕没人碰它也没关系。我提供了这样一种可能性。

傍晚穿过广场

我不知道一个过去年代的广场
从何而始，从何而终。
有的人用一小时穿过广场，
有的人用一生——
早晨是孩子，傍晚已是垂暮之人。
我不知道还要在夕光中走出多远才能
　　停住脚步。

还要在夕光中眺望多久
才能闭上眼睛？当高速行驶的汽车
打开刺目的车灯。
那些曾在一个明媚早晨穿过广场的人，
我从汽车的后视镜看见过他们一闪即逝
　　的面孔。
傍晚他们乘车离去。

一个无人离去的地方不是广场，
一个无人倒下的地方也不是。
离去的重新归来，倒下的却永远倒下了。
一种叫作石头的东西
迅速地堆积，屹立，

不像骨头的生长需要一百年的时间，
也不像骨头那么软弱。

每个广场都有一个用石头垒起来的脑袋，
使两手空空的人们感到生存的
分量。以巨大的石头脑袋去思考和仰望，
对任何人都不是一件轻松的事。
石头的重量
减轻了人们肩上的责任，爱情和牺牲

或许人们会在一个明媚的早晨穿过广场，
张开手臂在四面来风中柔情地拥抱。
但当黑夜降临，双手就变得沉重。
唯一的发光体是脑袋里的石头，
唯一刺向脑袋的利剑悄然坠地。

黑暗和寒冷在上升。
广场周围的高层建筑穿上了瓷和玻璃的时装。
一切变得矮小了。石头的世界
在玻璃反射出来的世界中轻轻浮起，
像是涂在孩子们作业本上的
一个随时会被撕下来揉成一团的阴沉念头。

汽车疾驶而过，把流水的速度
倾泻到有着钢铁筋骨的庞大混凝土制度中，
赋予寂静以喇叭的形状。

过去年代的广场从汽车的后视镜消失了。

永远消失了——
一个青春期的，初恋的，布满粉刺的广场。
一个从未在账单和死亡通知书上出现的广场。
一个露出胸膛，挽起衣袖，扎紧腰带，
一个双手使劲搓洗的带补丁的广场。

一个通过年轻的血液流到身体之外，
用舌头去舔，用前额去下磕，用旗帜去覆盖
　　　的广场。

空想的，消失的，不复存在的广场，
像下了一夜的大雪在早晨停住。
一种纯洁而神秘的融化
在良心和眼睛里交替闪耀，
一部分成为叫作泪水的东西，
另一部分在叫作石头的东西里变得坚硬起来。

石头的世界崩溃了。
一个软组织的世界爬到高处。
整个过程就像泉水从吸管离开矿物，
进入蒸馏过的，密封的，有着精美包装的空间。
我乘坐高速电梯在雨天的伞柄里上升。

回到地面时，我看到雨伞一样张开的

一座圆形餐厅在城市上空旋转。
这是一顶从魔法变出来的帽子，
它的尺寸并不适合
用石头垒起来的巨人的脑袋。

那些曾托起广场的手臂放了下来。
如今巨人靠一柄短剑来支撑。
它会不会刺破什么呢？比如，曾经有过的
一场从纸上掀起，在墙上张贴的脆弱革命？

从来没有一种力量
能把两个不同的世界长久地粘在一起。
一个反复张贴的脑袋最终将被撕去。
反复粉刷的墙壁，
被露出大腿的混血女郎占据了一半。
另一半是安装假肢、头发再生之类的诱人广告

一辆婴儿车静静地停在傍晚的广场上，
静静地，和这个快要发疯的世界没有关系。
我猜婴儿车和落日之间的距离
有一百年之遥。
这是近乎无限的尺度，足以测量
穿过广场所要经历的一个幽闭时代有多么漫长。

对幽闭的普遍恐惧，
使人们从各自的栖居云集广场，

把一生中的孤独时刻变成热烈的节日。
但在栖居深处，在爱与死的默默注目礼中
一个空无人迹的影子广场被珍藏着，
像紧闭的忏悔室只属于内心的秘密。

是否穿越广场之前必须穿越内心的黑暗？
现在黑暗中最黑的两个世界合为一体，
坚硬的石头脑袋被劈开，
利剑在黑暗中闪闪发光。

如果我能用被劈成两半的神秘黑夜
去解释一个双脚踏在大地上的明媚早晨——
如果我能沿着洒满晨曦的台阶
去登上虚无之巅的巨人的肩膀，
不是为了升起，而是为了陨落——
如果黄金镌刻的铭文不是为了被传颂，
而是为了被抹去，被遗忘，被践踏——

正如一个被践踏的广场必将落到践踏者头上，
那些曾在明媚的早晨穿过广场的人，
他们的步伐迟早会落到利剑之上，
像必将落下的棺盖落到棺材上那么沉重。
躺在里面的不是我，也不是
行走在剑刃上的人。

我没想到这么多人会在一个明媚的早晨

穿过广场，避开孤独和永生。
他们是幽闭时代的幸存者。
我没想到他们会在傍晚时离去
或倒下。

一个无人倒下的地方不是广场，
一个无人站立的地方也不是。
我曾经是站着的吗？还要站立多久？
毕竟我和那些倒下去的人一样，
从来不是一个永生者。

1990.9.18 于成都

于坚（1954—）

生于云南昆明。20岁开始写作，持续四十年。著有诗集、文集四十余种、摄影集一种、纪录片四部。包括《于坚集》四卷、《于坚随笔选》和《于坚文集》。

曾获中国台湾《联合报》14届新诗奖、中国台湾《创世纪》诗杂志四十年诗歌奖、鲁迅文学奖、朱自清散文奖、百花散文奖、2017年第15届华语文学传媒大奖年度杰出作家奖、德国亚非拉文学作品推广协会主办的"感受世界"亚非拉优秀文学作品评选第一名、美国国家地理杂志全球摄影大赛华夏典藏金框奖。纪录片《碧色车站》入围阿姆斯特国际纪录片银狼奖单元（2004）。英语版诗集《便条集》入围美国BTBA最佳图书翻译奖（2011），入围美国北卡罗来纳州文学奖（2012），法语版长诗《小镇》入围2016年法国"发现者"诗歌奖。作品翻译为俄语、英语、德语、意大利语、弗莱芒语、法语、丹麦语、瑞典语、亚美尼亚语、波兰语、斯洛文尼亚语、冰岛语、西班牙语、波利西亚语、韩语、日语、印地语等。

长诗篇目

《○档案》

《飞行》

《沙滩》

《小镇》

《莫斯科札记》

长诗观

长诗是一种沉思。长诗的后面住着一位老大师而不是毛头小伙子。长诗驾驭的是时间。《比萨诗章》是我心仪的那种长诗。《荒原》稍嫌机智。长诗是一种细节、片段在某种方向上发生的一个语词之场、一种私人词典构成的语言氛围，犹如漫长的祈祷。

○档案

档案室

建筑物的五楼　锁和锁后面　密室里　他的那一份
装在文件袋里　它作为一个人的证据　隔着他本人两层楼
他在二楼上班　那一袋　距离他50米过道　30级台阶
与众不同的房间　6面钢筋水泥灌注　3道门　没有窗子
1盏日光灯　4个红色消防瓶　200平方米　一千多把锁
明锁　暗锁　抽屉锁　最大的一把是"永固牌"挂在外面
上楼　往左　上楼　往右　再往左　再往右　开锁　开锁
通过一个密码　最终打入内部　档案柜靠着档案柜　这个在那个旁边
那个在这个高上　这个在那个底下　那个在这个前面　这个在那个后面
8排64行　分装着一吨多道林纸　黑字　曲别针和胶水
他那30年　1800个抽屉中的一袋　被一把钥匙　掌握着
并不算太厚　此人正年轻　只有50多页　4万余字
外加　十多个公章　七八张相片　一些手印　净重1000克
不同的笔迹　一律从左向右排列　首行空出两格　分段另起一行
从一个部首到另一个部首　都是关于他的名词　定义和状语
他一生的三分之一　他的时间　地点　事件　人物和活动规律
没有动词的一堆　可靠地呆在黑暗里　不会移动　不会曝光
不会受潮　不会起火　没有老鼠　没有病菌　没有任何微生物
抄写得整整齐齐　清清楚楚　干干净净　被信任着

人家据此视他为同志　发给他证件　工资　承认他的性别
据此　他每天八点钟来上班　使用各种纸张　墨水和涂改液
构思　开篇　布局　修改　校对　使一切循着规范的语法
从写到写　一只手的移动　钢笔从左向右　从一个部首
到另一个部首　从动词到名词　从直白到暗喻　从，到。
一个墨水渐尽的过程　一种好人的动作　有人叫道"0"
他的肉体负载着他　像0那样转身回应　另一位请他递纸
他的大楼纹丝未动　他的位置纹丝未动　那些光线纹丝未动
那些锁纹丝未动　那些大铁柜纹丝未动　他的那一袋纹丝未动

卷一　　出生史

他的起源和书写无关　他来自一位妇女在28岁的阵痛
老牌医院　三楼　炎症　药物　医生和停尸房的载体
每年都要略事粉刷　消耗很多纱布　棉球　玻璃和酒精
墙壁露出砖块　地板上木纹已消失　来自人体的东西
代替了油漆　不光滑　略有弹性　与人性无关
手术刀脱铬了　医生48岁　护士们全是处女
嚎叫　挣扎　输液　注射　传递　呻吟　涂抹
扭曲　抓住　拉扯　割开　撕裂　奔跑　松开　滴　淌　流
这些动词　全在现场　现场全是动词　浸在血泊中的动词
"头出来了"医生娴熟的发音　证词：手上全是血
白大褂上全是血　被单上全是血　地板上全是血　金属上全是血
证词："妇产科""请勿随地吐痰""只生一个好"
调查材料：患感冒的往右去　得喉炎的朝前走　"男厕"

X 光在三楼　住院部出了门向西走100米　外科在305

打针的在一楼排队　交费的在左窗口排队　取药的排队在右窗
口

挤满各种疼痛的一日　神经绷紧的一日　切割与缝合的一日

初诊和复发的一日　腐烂与痊愈的一日　死亡与诞生的一日

到处是治病的话与患病的话　求生的话与垂死的话　到处是

治病的行为与患病的行为　送终的行为与接生的行为

这老掉牙的一切　黏附着　那个头胎　那最初的　那第一次的

那条新的舌头　那条新的声带　那个新的脑瓜　那对新的睾丸

那些来自无数动词中的活动物　被命名为一个实词0

卷二　　成长史

他的听也开始了　他的看也开始了　他的动也开始了

大人把听见给他　大人把看见给他　大人把动作给他

妈妈用"母亲"　爸爸用"父亲"　外婆用"外祖母"

那黑暗的　那混沌的　那朦胧的　那血肉模糊的一团

清晰起来　明白起来　懂得了　进入一个个方格　一页页稿纸

成为名词　虚词　音节　过去时　词组　被动语态

词缀　成为意思　意义　定义　本义　引义　歧义

成为疑问句　陈述句　并列复合句　语言修辞学　语义标记

词的寄生者　再也无法不听到词　不看到词　不碰到词

一些词将他公开　一些词为他掩饰　跟着词从简到繁　从

肤浅到深奥　从幼稚到成熟　从生涩到练达　这个小人

一岁断奶　二岁进托儿所　四岁上幼儿园　六岁成了文化人

一到六年级　证明人　张老师　初一初二初三　证明人

王老师　高一高二　证明人　李老师　最后他大学毕业

一篇论文　主题清楚　布局得当　层次分明　平仄工整

对仗讲究　言此意彼　空谷足音　文采飞扬　言志抒情

鉴定：尊敬老师　关心同学　反对个人主义　不迟到

遵守纪律　热爱劳动　不早退　不讲脏话　不调戏妇女

不说谎　灭四害　讲卫生　不拿群众一针一线　积极肯干

讲文明　心灵美　仪表美　修指甲　喊叔叔　叫阿姨

扶爷爷　挽奶奶　上课把手背在后面　积极要求上进

专心听讲　认真做笔记　生动活泼　谦虚谨慎　任劳任怨

不足之处：不喜欢体育课　有时上课讲小话　不经常刷牙

小字条：报告老师　他在路上拾到一分钱　没交民警叔叔

评语：这个同学思想好　只是不爱讲话　不知道他想什么

希望家长　检查他的日记　随时向我们汇报　配合培养

一份检查：1968年11月2日这一天　做了一件坏事

我在墙上画了一辆坦克洁白的墙公共的墙大家的墙集体的

墙被我画了一辆大坦克我犯了自由主义一定要坚决改过

药物过敏史：症状来自医生　母亲等家长的报告

"宝贝"日服3回　每次4—6片　用药后面部有红斑

"好孩子"日服三回　每次1片　症状同上　红斑较轻

"乖"（外用　涂患处）　涂抹后患者易发生嗜睡现象

"大灰狼来啦　妈妈不要你啦"（兴奋剂）　服后患者易眩晕

微量元素配合表：（又名施尔康）爱护　关心　花朵　草

芽　苗苗　小的　嫩的　甜蜜　金色的　（每片含25微克）

天真的　纯洁的　稚气的　淘气的　（每片含25微克）牵着　领着

抱着　带着　慈祥地看着　温柔地抚摸着

轻拍　摇晃　叮咛　嘱咐　循循善诱　锻炼　嫁接

陶冶　矫治　校正　清除　培养　关怀　误伤　（各50微克）

名牌催眠灵：明天或等你长大了　（终身服用）

填料：牛奶　语文　水果糖　历史　巧克力　鸡蛋炒饭

三光日月星　四诗风雅颂　钙片　义务劳动　鱼肝油

果珍　报告会　故事会　大会　五千年　半个世纪　十年来

连续三年　左中右　初叶　中叶　最近　红烧　冰镇　黄焖

油爆　叉烧　腌卤　熬　味精　胡椒粉　生抽王　的成就

的耻辱　的光荣　的继续　的必然　的胜利　的伟大　的信心

成绩单：优　合格　甲　三好　95　一等　评比第一名

产品鉴定书：身高一米七以上　净重63公斤　腰8寸

有头发　有酒窝　有胡须　有睾丸　有眼珠　有肱二头肌

有三室一厅　有音响　有工资　有爱好　有风度　有爱心

会体贴　会跳舞　会唱歌　会写作　会说话　会睡觉

耳朵是耳朵　鼻子是鼻子　腿是腿　手是手　肛门是肛门

左右耳听力1.5公尺　肝未触及　心肺膈无异常　（医师签字）

卷三　　恋爱史（青春期）

在那悬浮于阳光中的一日　世界的温度正适于一切活物

四月的正午　一种骚动的温度　一种乱伦的温度　一种

盛开勃起的温度　凡是活着的东西都想动　动引诱着

那么多肌体　那么多关节　那么多手　那么多腿　到处

都是无以命名的行为　不能言说的动作　没有呐喊　没有

喧嚣　没有宣言　没有口号　平庸的一日　历史从未记载

只是动作的各种细节　行为的各种局部　只是和肉体有关

和皮肤有关　和四肢有关　和茎有关　和根有关　和圆的有关

和长的有关　和弹性的有关　和柔软的有关　和坚硬的有关

和汁液有关　和摩擦有关　和交流有关　和透气有关

和开放有关　和进攻有关　和蹦踢　喷射　冲刺有关

（回忆）那一日　他们　同班男生　全是13岁　涌进来

学校的男厕　墙上画着禁止的一切　好多动作　手淫这个动作

强奸这个动作　梅毒这个动作　海洛因这个动作　坏的这类动作

手淫是最初的动词　男人的入场券　手黏乎乎　立刻完事

温度正好　尝到了那种小甜头　亚当们　找不着词儿宽恕自己

他们要的词外面没有　外头是母校这个名词　教室这个名词

外头是花园　水池　黑板　大操场　阅览室　书这些名词

和他手上的活毫不相干　男孩们憋得慌　只好做些暧昧的手势

编了些暗语来咕噜　互相逗着　交谈那种体验　走出公厕

去上课　听讲　记录　背诵　测验　答问　考试　温习

批复：把以上23行全部删去　不得复印　发表　出版

卷四　正文（恋爱期）

法定的年纪　18岁可以谈论结婚　谈出恋爱　再把证件领取

恋与爱　个人问题　这是一个谈的过程　一个一群人递减为几个人

递减为三个人　递减为两个人的过程　一个舌背接触硬腭的过程

一个软腭下垂　气流从鼻腔通过的过程　一个下唇与上齿

接近或靠拢的过程　一个嘴唇前伸　两唇构成圆形的过程

一个聚音对分散音　糙音对润音　浊音对清音　受阻对不受阻

突发音对延续音　紧张对松弛　降调对升调　舌头对撮口的过程
当然要洗头　洗脸　换衬衣　漱口　换袜子　换皮鞋　洒香水
当然是最好的那一套　最好的那一条　最好的那一种
当然是七点到　当然是公园门口　当然是眺望与姗姗来迟
当然是杨柳岸晓风残月　当然是两张纸垫着　两瓶汽水
当然是相对无言欲言又止掩口一笑欲说还休却道天凉好个秋
当然是志同道合心心相印　当然是深深地　痴痴地　长长地
当然是摸底　你猜猜　"真的　不骗你"　当然是娇嗔　亲昵
当然是含着　噙着　荡漾着　当然是泪眼问花花不语
当然是多么多么　非常非常　当然是忧伤　悲哀　绝望
当然是转怒为喜　破涕为笑　当然是迟疑　踌躇　试探
当然是摸不透　推测　谜一样的笑容　当然是一块小手绢
一群蚊子　一只毛毛虫　一株蒲公英　一朵白玫瑰
当然是最最美好　刻骨铭心　难忘的　只有一次的
永恒啊月光　永恒啊小路　永恒啊起风了　永恒啊夜幕
永恒啊11点　永恒啊公园关大门　永恒啊路灯　永恒啊长街
永恒啊依依　永恒啊回眸　永恒啊背影　永恒啊秋波
时间到了　请赶紧　时间到了　请赶紧　再见　比尔
再见　露　下次　梅　下次　华　再见　桂珍　下次　兰
总结：狂草　不及物动词　形容词　名词　情态状语
赋　比　兴　寓言　神话　拟人法　反讽　黑色幽默
自白派　通感　新古典主义　口语诗　头韵　腹韵　尾韵
矛盾修辞　功能性含混　玉台体　天籁　象征　抑扬格
言此意彼词近旨远敌进我退敌退我扰道高一尺魔高一丈
表态：（大会　小会　居委会　登记的　同志们　亲人们
朋友们　守门的　负责的　签字的　盖章的）

安全　要得　随便　没说的　真棒　放心　般配

同意　点头　赞成　举手　鼓掌　签字

可以　不错　好咧　真棒　行嘛　一致通过

卷五　　日常生活

1　住址

他睡觉的地址在尚义街6号　公共地皮

一直用来建造寓所　以前用锄头　板车　木锯　钉子　瓦

现在用搅拌机　打桩机　冲击电钻　焊枪　大卡车　水泥

大理石　钢筋　浇灌　冲压　垒　砌　铆　封

钢窗　钢门　钢锁　防10级地震　防火　防水灾

A-B-C-503室　是他户口册的编码　A代表

他所在的区　B代表他那一幢　C代表他那个单元

5　指的是他的那一层楼　03　才是他的房间

2　睡眠情况

他的床距地面1.3米　最接近顶盖的位置　一个睡眠的高度

噪音小　干燥通风　很适于储藏　存集　搁置　堆放

晚上10点　他拉上窗帘　锁好门　熄灯　这是正式的睡眠

中午　他睡长沙发　不脱衣裤　只脱鞋　盖上一床毯子

睡觉的好日子　是春天　睡得长　睡得好　睡得不想醒

睡觉的坏日子　是6月至9月　热　闷　一次睡眠要分几回

多次小觉　才能完事　秋天睡得最长　蚊子苍蝇　不来打扰
不用搔抓　放心睡　大觉　冬天他9点上床　有电热毯

3　起床

穿短裤　穿汗衣　穿长裤　穿拖鞋　解手　挤牙膏　含水
喷水　洗脸　看镜子　抹润肤霜　梳头　换皮鞋
吃早点　两根油条　一碗豆浆　一杯牛奶一个面包　轮着来
穿羊毛外套　穿外衣　拿提包　再看一回镜子　锁门
用手判断门已锁死　下楼　看天空　看手表　推单车　出大门

4　工作情况

进去　点头　嘴开　嘴闭　面部动　手动　脚动
头部动　眼球和眼皮动　站着　坐着　面部不动　走4步
走10步　递　接过来　打开　拿着　浏览　拍　推　拉　领取
点数　蹲下　出来　关上　喝　嚼　吐　量　刷　抄　弯着
东经35°　北纬20°　之间　半径200公尺　海拔500公尺　气温
22℃　东南风3级　时间8点到12点　2点到6点

5　思想汇报

（根据掌握底细的同志推测　怀疑　揭发整理）
他想喊反动口号　他想违法乱纪　他想丧心病狂　他想堕落
他想强奸　他想裸体　他想杀掉一批人　他想抢银行
他想当大富翁　大地主　大资本家　想当国王　总统

他想花天酒地　荒淫无度　独霸一方　作威作福　骑在人民头上
他想投降　他想叛变　他想自首　他想变节　他想反戈一击
他想暴乱　频繁活动　骚动　造反　推翻一个阶级

6　一组隐藏在阴暗思想中的动词

砸烂　勃起　插入　收拾　陷害　诬告　落井下石
干　搞　整　声嘶力竭　捣毁　揭发
打倒　枪决　踏上一只铁脚　冲啊　上啊
批示：此人应内部控制使用　注意观察动向　抄送　绝密
内参　注意保存　不得外传　"你知道就行了　不要告诉他"

7　业余活动

一直关心着郊外的风景（下马村以远）
锤炼出不少佳句　故乡10公里处的麦芒　有幸被他提及
（见《雨中》）偶尔　雅正《志摩的诗》（志摩　现代诗人
留学英国　毕业于剑桥　著有《莎扬娜拉》曾译成日文
英文　法文　意大利文　塞尔维亚文和非洲16国文字）
常常　沿着一条19世纪的长街散步（尚义街　属五华区
计有两处公厕　3家川味火锅店　12根电线杆　1个邮局
1家发廊　6个垃圾桶　3条胡同　14道大门　3条大标语
两个广告牌　10张治病海报　寻人启事　铺面出租）
每周　洗一回衣服　看两场电影　买7次小报（晚报　文摘周刊）
做80个仰卧起坐　逛商店6小时（分三回　每回两个钟头）
每天　零食　20克蛋糕　20克葵花子　3条口香糖　1包花生米

3克水果糖　看一次日历　看8回手表　坐下去9次　蹲20分钟

躺下去11回　靠着4个小时　背着手　枕着手　手在

裤袋里　手在杯子上　手垂着　手松开　脚跷着　脚点着地板

脚弯曲着　脚套着拖鞋　脚在盆里　脚在布上面　脚赤着

每晚　拿掉布罩　按下ON　看广告　看新闻联播　看天气预报

看动物世界　看唱歌　看跳舞　看30集电视连续剧

看广告　看外国人　看广告　看大好河山　看广告　看

球　花　衣服　水　看广告　看明天节目预告　看今天节目到此

结束　祝各位晚安　看屏幕一片雪花　按下OFF

8　日记

×年×月×日　晴　心情不好　苦闷　×年×月×日

晴　心情好　坐了一个上午　×年×月×日　天又阴掉了

孤独　下雨　下午继续睡

×年×月×日　睡了一天

某年某月某日感冒　某日刮风　某日热　某日冷　某日等待某某

某年某月某日　新年　某日　生日　某日　节日

卷六　　表格

1　表格　履历表　登记表　会员表　录取通知书　申请表

照片　半寸免冠黑白照　姓名　横竖撇捺　笔名11个（略）

性别　在南为阳　在北为阴　出生年月　甲子秋　风雨大作

106

籍贯　有一个美丽的地方　年龄　三十功名尘与土

家庭出身　老子英雄儿好汉　老子反动儿混蛋

职业　天生我才必有用　工资　小菜一碟　何足挂齿

文化程度　少壮不努力　老大徒伤悲　本人成分

肌肉30公斤　血5000CC　脂肪20公斤　骨头10公斤

毛200克　眼球一对　肝2叶　手2只　脚2只　鼻子1个

婚否　说结婚也可以　说没结婚也可以　信不信由你

政治面目　横看成岭侧看成峰　远近高低各不同　民族

遥远的东方有一条龙　星座　八字　属相　手相　胎记

遗传　绰号　面部特征　口音　指纹　脚印　血型

家庭成员及社会关系　父亲　档案重3000克　前半生

尚缺500克　待补　母亲　档案重2500克　兄弟姐妹

档案各重1000克　侄儿侄女　档案各重10克　爷爷　祖母

大伯　二外公　大舅妈　档案重5000克　均已故去

简历　某年至某年　在第一卷　某年至某年　在第二卷

某年某年　在B卷　(距单位500米　本区医院内科)

某年至某年　在第三卷　某年至某年　在第四卷

2　物品清单

单人床1张　(已加宽两块木板　床头贴有格言两条

贝尔蒙多照片1张　女明星全身照1张)

写字台1张　(五抽桌　半旧)内有:信纸　信封

日记本　粮票　饭菜票　洗澡票　购物票

工作证　身份证　病历本　圆珠笔　钢笔

狼毫　羊毫　梳子7把　钥匙27把

（单车钥匙　暗锁钥匙　挂锁钥匙　软锁钥匙

铜钥匙　铝钥匙　铁皮钥匙各多少不等）

坏的国产海鸥表1只　电子表两个（坏的）　胃舒平1瓶半

去痛粉20包　感冒清1瓶　利眠灵半瓶　甘油1瓶　肤轻松

零散的药丸　针剂　粉　膏　糖衣片　若干

方格稿纸3本　黑墨水1瓶　蓝墨水1瓶　红墨水1瓶

风景名胜纪念章7枚

书架一个（高1.5米　长1.2米　共五层）计有：选集3种

全集1种　辞海1套　《现代汉语》1套　《中文自修辅导手册》

《自学》杂志　《性知识手册》《金瓶梅评论集》《大全》

《博览》《世界地图》《中国长联三百三》《健康与食物》

《摄影小经验两百条》《作为意志和表象的世界》《日语入门》

旧杂志15公斤　旧挂历5公斤　废纸20公斤

单价　旧杂志　每公斤0.20元（挂历废纸同价）

书　每公斤0.40元

工艺品6种：维纳斯半身石膏像　大卫石膏像　瓷奔马1匹

陶制狮子1尊　雄鹰1只　美洲豹1头

皮箱1个（全新　有卫生球味号码锁）内有全新西装两套

金利来领带1条（红色）猩红色麦尔登呢1块（长4米　幅宽

1.5米）丝绸被面两块　全新大相册1本　（无照片）

木箱1只（系旧肥皂箱）内有棉衣1件（压底）旧军装两件

旧中山装两套　旧拉链甲克3件　喇叭裤1条　（裤脚边已磨破）

牛仔裤两条（五成新）旧袜子（7双）短裤　汗衫　毛巾若干

吉他1把（九成新　弦已断　红棉牌）

玻璃压板1块（压着明信片两张　照片3张　一张他本人柔光照

大8寸　秋天　前景为落叶　之二为集体照　公园门口合影

他　前排左起第9人　之三为一女性照片　该人

姓名　年龄　工作单位　出身　政治面目　行踪均不详）

黑白电视机1台　军用水壶1个　汽车轮子内胎1个　痰盂缸1个

空瓶13个　手电筒1个　拖鞋8双（5双已不能使用）

旅游鞋1只（另一只去向不明，幸存的九成新）

三接头皮鞋两双（半高跟有掌）　一双是棕红色

信一扎　35封（寄信人地址有　本市　内详

某电视台观众信箱　卫生知识专题竞赛筹委会

×市×胡同×号街246号甲707室）

红梅牌小收音机1架　大搪瓷碗1个　靠背椅1把

（藤皮多处断裂）　长沙发一个　（长1米8　面料已发亮弹簧露出两个）

方便面7包　咖啡半瓶（雀巢牌）　电炉1只（1000瓦）

垫单3床（均已旧　有斑块和破损）　羽毛球两个　乒乓球拍一只

扑克牌3副　（一副九成新　另外两副已缺失　混而为一）

围棋子7粒　（白3黑4）　分币　71枚　（地上

抽屉共有伍分币18枚　贰分币30枚　其余为壹分币　小纸币）

卷末　（此页无正文）

附一　档案制作与存放

书写　誊抄　打印　编撰　一律使用钢笔　不褪色墨水

字迹清楚　涂改无效　严禁伪造　不得转让　由专人填写

每页300字　简体　阿拉伯数字大写　分类　鉴别　归档
类目和条目编上号　按时间顺序排列　按性质内容分为
A类B类C类　编好页码　最后装订之前　取下订书钉
曲别针　大头针等金属　用线装订　注意不要钉压卷内文字
卷页要裁齐　压平　钉紧　最后移交档案室　清点校对无误
由移交人和接收人签名　按编号找到他的那一间　那一排
那一类　那一层　那一行　那一格　那一空　放进去　锁好
关上柜子　钥匙　旋转360度　熄灯　关上第一道门
钥匙　旋转360度　关上第二道门　钥匙
旋转360度　关上第三道门　钥匙　旋转360度
关上钢铁防盗门　钥匙　旋转360度
拔出

1992

王家新（1957—）

1957年生于湖北丹江口市（原均县），高中毕业后下放劳动，1977年考入武汉大学中文系。当过编辑、教师等。1992—1994年在英国生活两年，现任教于中国人民大学文学院。王家新的创作贯穿了中国当代诗歌三四十年来的历程，先后出版有诗集、诗歌批评、诗论随笔、译诗集三十多种，并有编著多种，在创作的同时，他的诗学批评和诗歌翻译也产生了广泛影响。作品被译成多种文字出版，多次应邀到国外朗诵和在一些大学讲学、做驻校诗人。曾获多种国内外诗歌奖、诗学批评奖和翻译奖。

长诗篇目

关于长诗及《回答》

长诗应该有一种更复杂的结构，有足够的时间经验作为支撑，有多种不同的相互交织和争辩的声音来推动它前进；或者干脆说，长诗需要"动用"我们的一生。

具体到《回答》，这是1997年冬天我在斯图加特郊外一个古堡做驻留作家期间写的一首长诗。那时我已年过四十，经历了很多，时代的巨大动荡和个人生活的重创，使我又来到一个极其艰难的人生关口。在那些日子里，一种难以言说的沉痛，使我经常在夜半醒来。我意识到我的生活本身在期待着"回答"。我也必须深入我和我们这一代人的苦难命运而达到某种精神的回归——如果可能的话。

这首长诗我写作和修改了一个多月，时常写到泪流满面的程度。它不仅是一首不可能的挽歌，正如许多人看到的，它也是一首不可能的赞歌。我感谢这首长诗，不仅在于它"挖掘"和"总结"了我的一生，它也帮助我在精神的长夜中朝向了一次艰难的超越。它把我带到更伟大的生命存在面前。

《回答》发表后，很快有了不同的反响和评价，都很强烈。很多人说他们深受感动和震撼，有人甚至流泪把这首三百多行的长诗全抄了下来，但也有人认为它"不是诗"。原因可能在于我完全打破了他们对诗歌的固有观念。但是对我个人来说，这不仅是我必须写出的一首诗，也是需要有巨大的艺术勇气才能写出的东西。牛汉前辈曾拉着我的手说："家新，这样的诗一生只能有一首啊。"是的，我知道。

在这个意义上，真正能够"站住"的长诗，其实都是墓碑。

2019.5.7

回答

"苦难尚未认识……"

——R.M. 里尔克

要回答一首诗，需要写出另一首，
事情并不那么简单。
勇敢的女人正在诞生：她就出现在这首诗里。
她讲了一个（中国）女人的故事，
她就在这种叙述中诞生；她来自和你
一起共同生活的过去，
但她又是新的；她光彩照人，让你刮目相看，
她甚至迫使你接受挑战。
为此你得报答我们这个日新月异的时代。
回答一首诗竟需要动用一个人的一生，
而你，一个从不那么勇敢的人，也必须
在这种回答中经历你的死，你的再生。

为此你不得不再次回到过去，纵然一次次
你从那里疲惫而归；
十年，二十年……我们的生活，我们的时代
我们的朋友和亲人，发生了多大变化呵，
虽然伟大的史诗尚未产生，
你却仿佛已走过了超过一生的历程；

我们的过去，我们的初恋，已变为
一张张黑白照片，恍若隔世
让人不敢相信。
我们还属于从下放的山乡来到大学校园的
那一代人吗？不，珞珈山已是墓园
埋葬了我们的青春。

这些天我住在德国南部的一个古堡里，
二百年前一位偶发奇想的公爵建造了它，
作为日后幽居之所，但时间却把它赠给了
另外一些人的沉思。我出没于它的
荒废花园；我震慑于笼罩它的森林的静寂；
我登上它的巴洛可回廊：我是否看清了
　　一个人从山下走过来的历程？
我自己的全部生活到底是怎么一回事？
我又能否让我自己和我的同时代人
——从我的写作中走过，并脱下面具，为了
向一种黑暗的命运致礼？

深秋的夜。我刚刚从弗兰达那里
回来，这个美丽的，一直带着凝视的眼光
有着一头金色卷发的意大利建筑艺术家，
在给我做了浓浓的意大利咖啡后
坐下来，唱起了关于她家乡的歌——
　　那不勒斯，你有一千种颜色
　　那不勒斯，你有点让人害怕

那不勒斯，你是孩子们的声音，他们
　　　　在渐渐长大
那不勒斯，你是海的味道，海的歌
那不勒斯，人人都爱你
　　　　没有人知道你的真实

于是我想到了你的诗，和我们的生活。
是呵，什么是"真实"？我不知道。
我只是看到我所爱的人们，只需要一种措辞
就把历史创造了出来。谁能正视自己，
而不是把他留给另一个鲁迅或陀思妥耶夫斯基
去审判？"真实"？让我放弃。我看到的
真实早已消失在时代的滔滔宏论中，
人人都在"真实"的名义下为那荒谬的一切
而战。我不再辩白，我也几乎不再关心
自己是谁，而只是想说：这就是我们的时代——
你的痛苦，你的生活，你的可怜的真实
只是这部伟大传奇中的一个细节。

那不勒斯的海远去了，弗兰达
在期待着。她是如此美，不是漂亮
而是美；同样，不是聪明，而是 intelligent；
我们用笨拙的英语交谈着，竟能
深深地理解。她先是用拉丁文背诵了维吉尔，
而后又谈到《神曲》——因为我
提到了但丁。弗兰达在期待着，我懂。

我已把她写入诗中，接着我还会
为她写诗——为了她那再次向我凝视的目光，
也为了那一直在提升着一位诗人的贝亚特丽齐……
但，我的身体却在变沉。我竟从她那里
回来了：你的信和诗在等着我。
我知道我的过去总会在某个时刻向我发出符咒。
我回来了。我从弗兰达的二楼回到我的
顶楼，回到我的地狱。

我需要回答吗？我必须。
这是一种什么力量，我们早已分开，
我留在北京，清晨我醒在一片雨声中时，也许
你正驱车在美国西北海岸的最后一道夕光里，
但我们仍在一起。十七八年了，我们
在一起，从大学同学到结婚，到有了孩子，
到你渐渐变得我不再认识，
到不成问题的一切都成了问题……
也许有朝一日我会冒胆说出我生活的故事，
我会让一本书来总结我们、回忆我们，
但此刻，能否让我不再想到你？
让我达到一种智者的平静，而不再一次次
在夜里痛苦地醒来，并坐望到天明？

长久以来我想写一本书，但我所构想的
一切正受到生活的嘲弄；
长久以来我与一些从不存在的女人为伴，

现在我明白了：这些假天使肢解了我的生活，
毒害了我的心灵，
却不能成为这部书中的主人公。
我的主人公，命中注定只能来自
北京的一条胡同。我们自幼接受的一切
造成了我们的现在；我们从不认识的苦难，
使我们走到了一起：它在一开始使我们
不与生活妥协，现在则互不妥协；
它使我们彼此相像，虽然又如此不同。
它带来的夜，我们至今仍未走出。
它书写着我们，爱我们，威胁着我们——
它是暴戾的，我们却像狗一样对它忠实。

于是我把你带在我的生活里（我竟不知
这也正是它的要求），如同我们仍住在
　　北京西单那两间低矮而潮湿的老房子里；
我在那里同你争吵，但又不得不去爱。
我有时以为把你忘了，并为到来的自由欢呼，
但你又回来了——那在黑暗中支配我们的一切
也变得更咄咄逼人了！你读了那么多女权
理论，如同你赴美后添置的衣服——
你从衣橱里取出一件，试试，扔在地板上
又去取另一件：你拥有太多的真理。
而我，只读过一本《简·爱》，并且至今
仍不清楚那阁楼上的疯女人究竟是谁；
她从不露面，黑暗的楼道里却起了火，

她从不露面，却通过一个个我认识的人，
高唱着战歌向生活复仇。

于是我看到控诉暴力的人，其实在
渴望着暴力；那些从不正视自己的人
也一个个在革命的广场上找到了借口；
同样，那些急于改变命运的人，正被他们的
命运所捉弄。从当年的红小兵到女权主义者，
从"解放全人类"到"中国可以说不"，
人们一个个被送往理论的前线，并在那里牺牲，
可是我多么希望你不！
你也不再是那个走向金水桥头，举起右手
向着伟大领袖的遗像悲壮宣誓的小丫头了，
现在你出入于高等学府，说着一口英文，
有着我所欣赏的潇洒和知识分子气；
但在你的这首诗里，又是谁，仍在攥着
那只多年来一直没有松开的小拳头？

而背叛的金色号角早已奏响，
它甚至就在做爱时随高潮而来的
那一阵黑暗里。什么叫忠实，什么叫
不忠实，对于这一代人已没有意义；
多少年的禁锢造成了我们现在的自由，
也从来没有一双更高的眼睛在注视着我们，
除了街头广告上那些炫目的诱惑；
而早年贫穷的伤害，不仅在加速着

一种地狱般的贪婪，也使你我的自尊变了形；
在同胞们的欲望尚未满足之前，
你同他们侈谈什么诗歌，或"人性"？
智者早已放弃。而我也渐渐羞于
对人们说我是一个诗人，甚至——
对我们唯一的孩子。

你在诗中提到了戴安娜。
戴安娜的死让我震惊，让我不敢相信，
但我想已没有任何人可以同我分担这种震惊。
在这里我同一位从巴黎来的艺术家谈到
这件事，"呵，你爱她？"他笑起来。
是呵，他还年轻。他不懂。要目睹
命运的威力只有在亲身经历了恐惧之后，
要学会爱也只有在认识了苦难之后……
这也许仍是我：一个白痴，仍跟跄于
陀思妥耶夫斯基笔下那混合着狂笑的风雪中，
在一个疯狂的世界要求着理解；
这也许就是我，心如铁石，坐而不动，震慑于
那偶尔从黑暗中向我显露的一切，
并从每一种现实的欢笑或争吵中听到
一种隔世的悲音——而这些，对你讲
又有什么意义？你已不屑于去听。

背叛的号角早已奏响。
从什么时候，离，还是不离，这抓住了

无数个破裂家庭的问题，在我这里变为
去成为，还是不去成为？
——成为某种人是孤独的，
成为某种人你必须付出代价，甚至你仍在
爱着的一切，你像牲口一样贪恋的一切……
但已别无选择。那长久以来造就我们的一切
已照亮一个寒冬中的额头；
而每一次的伤害和震惊，也都在促成着
这一步。现在，你迈出去了，虽然
那来自黑暗中的力量仍在拉你回去，
虽然，一种巨大的荒凉也会时时哽上你的喉头，
但你彻底迈出去了——
也许有一天我们都会回头，但不是现在。

现在，如人们所说，我们"自由"了。
你开着你的旧尼桑，驶向你学习和执教的
美丽校园，或者准备着又一个烤肉聚会
在仿中产阶级的后花园里，
间或来信"过得怎样"，回答当然是"很好"。
你准备着你的金色未来：绿卡，博士论文……
而我，姑且如此说，在准备着自己的死，一个
可以让我去死的死。
这是你无从理解，我自己也想象不到的勇气——
我为此而生。我到很晚才认识这一点。
我的黑暗中的童年向我涌现，我所敬仰的
亡灵一一在这里显形；我的命运升起，

闪闪布满了古堡的夜空。
我向我的命运致礼，我认可了我的失败。
我的全部生活是一个失败。
我根本就不配这神圣的婚姻，我更对不起
孩子和我自己。但也许我将再生——
如果我把自己深深地埋入这种失败。

起风了！多美呵，德国南部的秋天——
只一夜霜寒，山上山下的树木全变了，
只有古老的橡树在坚持着……
起风了，风也一定从北京的上空吹过；
这生命的大气流，也一定会使那座北方的城，
再次浸入在海水的蓝色里；
起风了，风已深入到记忆的每一道缝隙里……
起风了，是到了"建筑房屋"的时候了，
而风，却执意要把你带走……
起风了！我们是在宇宙的无穷里，生命的回流里，
我们谁也无法止息这满山秋叶的吹动，
我们，我们，把自己交给风……

悲剧？也许，如果有一种美，一种
像冰雪一样震撼人心的力量从中诞生。
这是一场已走到尽头的婚姻，这是一场
你我必然去经历的死。多少年了，钢琴
与电钻的协奏——多少人在做着同样的努力，
为了怯懦，为了恐惧，为了父母和孩子，

也为了一份中国人的面子……
八月中，我刚刚从外地出差回到北京，
一位朋友就约我到街头夜市，听他谈生活中的
变故，谈坚持的悲壮，看他胳膊上的那道
刀痕——那是他与妻子吵架时自己砍下的……
"中国人，你为什么不离婚？"我想问，
嗓音却无比发涩。古老的惩罚正落在
你自己的头上，你该去问谁？

活，为什么活？爱，为什么爱？
是不是因为唯有它在拯救着我们？
让我感激我的失败，因为在我的失败中，
我开始认识苦难；在我的无可挽回的失败中，
我在朝向一种更高的不可动摇的肯定……
现在，就算你是你所宣称的"唯物主义者"吧
——存在决定意识。但什么是存在
这首先是个问题。高大的美式冰箱是一种
存在呢还是夜半敲在你屋顶上的雨点？
物质的美满呢还是内心中的某种缺憾？
我不再争辩。如果我同你争辩，亲爱的，
我们仍是在去精神病院的路上；
我们知道伟大的生命在为我们准备着什么，
它为我们同时准备了砍头的利斧或桂冠，
准备了古老的敌意，疯狂，懊悔，或一只
用来拧开煤气开关的绝望的手；
它为我们准备了一场永无解脱的苦难循环，

但也准备了一个吹号天使，
准备了宽恕，感激和自由……

于是在这困难的日子我一再想起这伟大的
诗句："愿有朝一日我在严酷审察的终结处，
欢呼着颂扬着首肯的天使们……"
而我是否正接近这个时刻？在我的全部
生活和磨难中能否响起这一声贯彻生命的
欢呼？我又能否在一场预先会失去的爱中
获得再生？不，雪已在我写给弗兰达的诗中，
如篝火一样升起——我只能把贝亚特丽齐
还给永生的但丁。我只能回到我的孤独中来。
黑暗中的天使尚未把我完全击倒在地，因而
他们也不可能出现在我的汉语的上空。
我还有更为泥泞、艰巨的路要走。
我们的蒙面人尚未为我们最后到来。
我的这首诗也写得过早——多少年后，
它注定会为另一只手无情地修改。

是到了再见的时候了——
平静下来，你仍是我亲爱的人，
平静下来，愤怒会化为怜悯，而挽歌
也应作为赞美出现。
我们有过那么多患难相助的时刻，相亲
相依的时刻：俄勒冈烟雨迷蒙的三月，
当车刷拨不开浓密、连绵的雨水，我多想

在浪迹天涯的无助中握紧你的手；
而在五月，当我们一起驶向大海，你和儿子
是多么开心呵：蔚蓝的太平洋闪闪透过松林，
一会儿豁然开阔地出现在了面前：无限！
在那一刻我们的手拉在了一起——当一种
更伟大的存在对我们讲话，我们重又
变成了孩子，比那个跑在我们前面

　　欢呼着冲向海滩的孩子更小……
我多想留在那一刻！但我们
又回来了。大海远去。
大海，已不屑于拯救我们。

是到了告别的时候了。
我曾一再推迟，一再抱着希望，但
另一个勇敢的女性已经诞生，勇敢的人们
在彻底否认他们的过去。为他们祝福吧，
宽恕，理解和和解已不是我能期待的事；
每一个人都在追随着他们自己的神，
每一个人都将变成另一个人。
四十而惑，但我也听出了命运的一些低语，
我在辨认着宇宙的伟大法则。
我仍将把你带在我的生活里，血液里，
或一首献给这个正在逝去的世纪的挽歌里。
一如既往，我还随时准备向你的愤怒或欢乐致礼。
而我，在我写完这首诗后，冬天
就会沿着森林大道和花园小径向我走来，

霜雪也会蒙上我的明亮的窗户；

大雪封山之前，人们还会纷纷离去。

那不勒斯的女儿也将飞回温暖的家乡过冬。

而我将在这里留下。

我想我已经准备好了：从持续不断的降雪中，

从笼罩着山上山下和万物的静寂中，

将会静静地升起一支冬日的颂歌……

1997，冬，斯图加特 Solitude 古堡

黄灿然（1963—）

诗人、翻译家、评论家。著有诗集《我的灵魂》《奇迹集》《发现集》等。译有《卡瓦菲斯诗集》《巴列霍诗选》《论摄影》《小于一》等；近期译著有《一只狼在放哨——阿巴斯诗集》《希尼三十年文选》《开垦地：诗选》《致后代——布莱希特诗选》等；最新译著《站在人这边——米沃什五十年文选》。2011年获华语文学传媒大奖年度诗人奖。2018年获单向街·文学奖首届"年度致敬"奖。

长诗观

我写了几首长诗，都还不错，但经验就不足挂齿了。所以又得在此打住，先说别人的。真正的长诗，即一本书或几本书的长诗，一定得有格律，有形式。从创作角度看，格律和形式像一个图案或母体，再在这个基础上不断繁殖扩散，荷马的《伊利亚特》《奥德赛》、维吉尔的《埃涅阿斯纪》、奥维德的《变形记》都是用六音步诗行写的，但丁的《神曲》是用"三行诗节隔句押韵法"创作的。事实上，我们古典诗那么厉害，也是因为有母体，这些母体是四言、五言、七言，古典诗就围绕着它们不断繁殖和扩散。拿建筑作比喻，西方叙事诗的形式是层叠式的，像大厦越建越高，雄伟庄严，隔很远才有一座；中国抒情诗是环抱式的，像平房，一座连一座，环环相扣，向四面八方扩散，其间点缀树木、小巷、河流，风景迷人，生气盎然，也很壮观。

其实这种繁殖和扩散，是宇宙万物的规律，老子说一生二、二生三、三生万物。我看过一本《中医全息论》，里边介绍全息论。我们都见过全息像，它是由一小块一小块碎片组成的，每一块碎片都是那个全息像的缩影。斑马的头、颈、躯干、尾巴、前后肢、下颌等，斑纹数目都是一样的，也就是说，斑马并不是一头斑马，也不是一头由四肢、头、尾等各个不相等部分组成的斑马，而是由一系列完全相等的"碎片"组成的。人体也是这样。人体并不是一个"人"的"体"，而是人中有人，由一个个"小人"组成一个"大人"。植物也是如此。例如菊，当小苗出土时，共三大叶，每叶三大裂。菊的成年株，如全株有三主要分枝，则叶有三主裂；全株有五主要分枝，则叶有五主裂。植物在不同生育期，随着叶数变化，叶裂也相应发生全息变化。中医的人体穴位图也包含朴素的全息论，我们的眼、鼻、耳、头、手、脚、指节等，都布满呼应人体主要器官的穴位。例如耳朵，有完整的人体穴位图，脚掌手掌也是如此。

但丁的《神曲》，格律是"三行诗节隔句押韵法"，结构是每节三行，整部诗分三篇，每篇有三十三章。一般人以为但丁是有一个庞大的体系，但曼德尔施塔姆指出，"三行诗节隔句押韵法"是像晶体般从内部形成的，而不是像石头般从外部形成的。他这个看法，也包含全息论。简言之，没有可供繁殖和扩散的格律，就不可能有长诗。更有意思的是，上述几部西方长诗，除了有形式上的母体，还有一个内容上的母体，它就是特洛伊战争。《伊利亚特》以特洛伊战争为题材，可它却不是描写战争本身，而是描写希腊联军围困特洛伊十年的最后几天所发生的事，主要是希腊联军内部冲突，这在一个中国人看来是不可思议的。事实上我们中国古典美学也十分注重含蓄和委婉，但《伊利亚特》整部巨著完全避而不写希腊联军与特洛伊军队的正面冲突。还没完呢，《奥德赛》则是写希腊联军攻陷特洛伊之后，联军足智多谋且骁勇善战的主将之一奥德修斯，在回家途中漂泊八年的遭遇和众多男人在他离家期间不断向他妻子求婚的故事，但整部巨著也完全避而不写特洛伊战争的正面冲突。接着，古希腊戏剧也围绕特洛伊战争的前前后后来写。继荷马之后六百年，维吉尔"续写"史诗，描写特洛伊战争败将埃涅阿斯在海上漂泊多年，往意大利创建罗马帝国，途中在迦太基遇狄多，才首次用一卷的篇幅，从特洛伊人的角度忆述特洛伊战争。紧接着维吉尔的，是奥维德的《变形记》，这完全是一部"反史诗"，把古希腊古罗马神话炒成一碟，添油加醋，作各种戏拟和变形，但奥维德唯一不敢背叛的，就是六音步诗行！（我们中国也有一个大母体，就是孔子，他编了一本《诗经》而定下了中国诗歌的命运；他留下一本《论语》而定下了中华文明的命运。）

还未完。但丁的《神曲》虽然变了格律（古罗马文学在某种意义上是重写古希腊文学，就连拉丁语最初也很粗糙，它是在古罗马大量翻译古希腊文学的基本上不断完善起来的，与我们的白话文结合汉译而形成现代汉语有异曲同工之妙，而但丁其他作品虽然也用拉丁语，《神曲》却是用意大利俗语，因此他变了格律是有根据的），但他还是承袭了古希腊的荷马和古罗马的维吉尔的遗产。在荷马的《奥德赛》中，奥德修斯曾游冥府见母亲，在维吉尔的《埃涅阿斯纪》中，埃涅阿斯曾游冥府见父亲，但丁则大大地发挥这一传统，写其《地狱篇》；此外，《神曲》还有维吉尔充当但丁的领路人。

普希金的《奥涅金》是用十四行诗叠起来的，拜伦的《唐璜》则是用八行诗叠起来的。在当代，沃尔科特的《奥梅罗斯》是以每节三行结构的，而写得最自由的阿什伯利，其长诗《流程图》还是要借助格式，据说是以密尔顿某种诗体加一倍（或两倍，忘了，那是十多年前看他在一篇访问中提到的）来结构的。但总的来说，西方长诗有点像中国叙事诗，最早最好，荷马、维吉尔和但丁，可隔三五年重读一次，就像看《三国演义》诸葛亮死前的部分那么刺激；而《奥德赛》之吸引人，不下于金庸的武侠小说，令人废寝忘食，分别是前者看完令人像新生似的，后者看完让人像生病似的。但奥登的长诗《给拜伦的信》，则是妙趣横生，我一下子就连着两遍——他模仿拜伦的格式，用八行诗结构。穆旦译《唐璜》那么好，经过那一番大练习，如果趁机拿下《给拜伦的信》，岂非功德无量——几十页，相对于《唐璜》，应该是不难的。奥登那首长诗，事实上已不算长诗，而是所谓"较长的诗"。所以我说我几首长诗不足挂齿，因为根本不算长诗，那是没有形式和格律就能写出来的。我唯一一首用格律写的"长诗"，是以十四行诗结构的《彼待拉克的叹息》，但它更多地属于组诗。《献给布罗茨基的哀歌》每节四行，但没押韵。《游泳池畔的冥想》分五节，每节两部分，各二十多行。《哀歌》是组诗兼长诗，每首三节，每节行数大致相近而已。《爵士之夜》分三节，每节八十余行。它们唯一的共同特征就是第一首或第一节或第一部分，大致成为另一首或另一节或另一部分的母体。所谓母体，呈现在诗中就是某种结构感。像我那种最简单的母体，也是有用的，它让你知道写到一定程度就得停下来，不然就会越写越混乱，越写越松垮，直到你自己厌烦了——而当一首诗写得自己都厌烦了，那它肯定是坏诗。另一个共同特征就是我写几首长诗期间，精力充沛，即兴写作能力较强，才华是外溢型的，但现在转为内敛。

长诗基本上都是叙事的，而且是戏剧化的，有大段大段对话（就连上面提到的几首中国小叙事诗，也多数是有对话的）。印度史诗《摩诃婆罗多》中，更有一百余页的说教，也就是《薄伽梵歌》，精彩绝伦，不过，我不是把它当成诗而是当成哲学读，它对我的思想影响至巨，可以说确定了我的人生方向。《摩诃婆罗多》非常庞大，中译本我甚至搜罗不齐，更谈不上全看。一个法国人取其精华，改编成剧本，中国台湾舞蹈家林怀民把它译成中文《摩诃婆罗达》，太棒了。译林出版社出版《摩诃婆罗多》第六卷"毗湿摩篇"，也即包含《薄伽梵歌》的那一卷，我读完剧本后就直接读《薄伽梵歌》。

史诗是庄严的，绝容不下反讽，但风趣、机智和诙谐常见于非史诗的长诗，例如《变形记》《欧涅金》《唐璜》和《给拜伦的信》。由此也可以看出，长诗到后来，只能朝着有趣方面发展，有趣之后，长诗便渐渐没趣了。中国古典诗，由唐代的抒情，发展到宋代的说理，说理之后，古典诗也渐渐无话可说了。

就我自己而言，现在我不觉得写长诗有什么太大意义，我也不认为我那些长诗算得上什么成绩。我上面提到九四年后的作品不让我汗颜，但《献给布罗茨基的哀歌》还是让我有点不自在，唯一令我宽慰的是其中连续六节的"堆砌"，也即从"预备节奏的楼梯，空出来的花瓶，沉默的扶手椅……"开始的那六节，全是名词，不仅呼应布罗茨基对名词的偏爱，而且六节其实只有一句，而那些名词都是描述性的——那种节奏感和画面感正是我现在所着迷的。至于不自在，是感到有点大，因而有点空，因而有点不诚实——我记得我当时是非常真挚的，这再次证明诚实与真挚是两回事，后者往往自我欺骗。当然，读者不一定这样认为，事实上不少朋友和读者喜欢它，但我想，诗人得先过自己这关。如果是自己喜欢而朋友和读者不喜欢，我倒是可以十分坦然的。

我现在每年专心写十来首诗，每五年完成一本有三四十首诗的诗集。希望每本集子有所变化，有所进步。如果还能写二三十年，便有五六本诗集了。卡瓦菲斯临终前说，他还有二十多首诗未写，这是比较幸福的。拉金最后十年写不出东西，就有点凄凉了，他自称那是巨大的悲哀，但不是毁灭性的悲哀，有点像秃头，无可奈何。

木朵访谈黄灿然：《诚实是诗歌灵魂的基石》（2003年11月）

游泳池畔的冥想

1

当夏天最后一片嫩叶
赶在秋天之前生长，当它
绿色的表面掩饰不住加速的焦虑，我从
蓝水里冒出头来，爬上池畔
躺下来，用抚慰的心情看着它
像慢镜头里的跳水运动员
飘飞而下，并在它落在我脚尖
或耳旁之前，把目光投向远处
那道无声的玻璃幕墙——它隐约
反映出半个游泳池，一座旧楼，
一段马路，半个公园和公园右侧
几乎与天空同色的篮球场。我试图
集中视力寻找自己的影子，但只找到
我背后电灯柱上的挂钟，它的指针
正挨近下午三时。我的一天才刚刚开始，
赋予那个挂钟，我想，一点儿
不同的意义。而我赋予这不同的意义
以平凡的内容，清闲着，消磨着，
好像生活的节奏已交由我全权处理。

而我只是代理，我想。我的愿望
其实是要把自己交给它，条件是
稍微慢些，慢些，再慢些。

我要使自己像一头牛那样徐缓，既然
我已经像一头牛那样日夜操劳，
仿佛被日夜操劳着。我把可能的委屈
反刍到胃里，因为我深知草儿的价值。
让我把话说白吧：我被速度束缚着，
好像被一枚火箭绑架；我体内
装满强劲的节奏，它们撞击着
我这长方形的瘦身体。我要把苍白的皮肤
晒成栗色，涂掉这黑夜的隐喻。我开始
像预言家一样，拥抱着梦想。而我的梦想
就是打开一本诗集，在任何一个季节
任何一天任何一个时辰，闲坐在
任何一座乡间旧屋的门廊下，阅读，
并让周围的事物——柳叶、槐花，
稻穗、溪流——聚拢过来，
浸透书页里的文字。而只要我愿意
我可以像将椅子搬回屋里一样
将所有这些意象搬进写作里，
一伸手就能触及词语的浓荫
和字丛下韵脚的潮湿；只要我
打个哈欠，它们就会精神一振，
恢复它们的意识，像一个午睡的家庭

被一个远方来客唤醒，在惊喜中
扇动翅膀，心房发出嗡嗡声。

2

我把我的生命裂开成好几块，
永远含着破碎的意义，一块生存，
一块现实，一块家庭，一块诗歌，
每一块又破得更碎，最终把意义
变成了沙——每一粒都漏向孤独，
但我不能也不想抱怨，因为
我有的是耐性。因为耐性是一种
内省的形式，而我有一颗
螺旋式的心，它的尖端钻入
深处，周遭喷出暴风雨式的碎屑。
我希望把一种纤细的汉语
写进诗里，并且是在昼与夜的
夹缝中，在翻译家和自由撰稿人的
接合处，在丈夫和父亲和儿子的
交叉点，并且相信，它定能帮助我
免于陷入上述种种关系的
纠缠中，定能帮助我从疲劳中
恢复元气，吸吮现实的乳汁
——是的，我的梦想就是把诗
写得水乳交融：一杯水是静态的，

一杯乳也是，当两者混合起来
就会活动，饱满，禁不住要溢出杯缘——
想到这里我已经饥渴起来，啊是的，
我就是要写这样一种想起来
就令人饥渴，读起来双唇就沾满
白色乳汁的汉语……而我愿意

为此付出任何，并且已经付出很多
代价。我一直在扮演多重角色，日夜
跟它们周旋，为了每个月空出
三五天，每年空出三两个月
照顾、保护生命中这个最敏感的部位
——我的水乳之诗，梦想之词，
曲折之义。像一株爬藤，为了越过
任何阻碍，我可以迁就任何阻碍；
为了伸得更远，我可以
在任何粗糙的表面上连脑袋
也贴进去生根；为了攀向更高的光明
我可以在任何阴暗处委屈如蛇。
像一株爬藤，我把风雨也列入
生长的预算里；我前瞻日月，
后顾山川，我铺排、铺展
和铺张我的枝叶；哪里有狭窄，
哪里就有我的宽敞；哪里
有枯燥，哪里就有我的繁茂；
哪里有羊肠小道，哪里

就有我绿色和光明的前景。当城市
以交错的犬牙围困我的肉体，我已
先于它而逸出自身。因为
哪里有约束我之处，哪里
就是我解脱和得救之路。
我存在——故我蔓延。

3

而我的破碎阻碍着，同时也丰富着
我的蔓延。我的白天，我的睡眠
也裂开成好几块。我在别人起床的时候
上床，在中午被不耐烦的女儿唤醒
送她上学；我背着她的书包，牵着
她的小手，在电车的叮当声中打盹，
在梦与现实的摩擦声中经历，并且相信
这样才真正体会到，睡眠的幸福与痛苦；
然后回家继续两个小时或更多的
睡眠，有时候挤出两个小时
（为了健康，为了诗歌，为了健康的诗歌）
到维多利亚公园的游泳池去拥有
另一块属于自己的天地：它像
一首深歌，把我变成水中物，
着我学习鱼的品格；又像
柔软的语言，考验我的温存，

使我心潮起伏，使我懂得
把阳光当成清风来享受，使我学会
抚慰自己，暂且把生活搁在池畔
像浴巾；尤其是隔着油漆的栏杆
我觉得我已经更加了解现实
及其超现实。在几乎是
热带的气氛中，在阳光的诱惑下，
我就这么躺在游泳池畔，
用陌生的声音跟陌生的自己对话，
仿佛一杯水在跟一杯乳交谈。

直到一个皮肤晒成棕色的苗条妇人
闪着光走过我身旁，或一个肌肉健壮的男人
把一拨水溅到我身上，或一阵突如其来的暴雨
瓢泼而下，我才再次使自己跟周围的环境
联系起来，并且清闲着，消磨着，
想跟事物握手，跟现实拥抱，
跟明净的远山打招呼。而我只是转身
投入蓝水的怀中。这投入的动作
何尝不是摆脱的动作，尽管
我只是沾了一点儿自由式的边，
尽管水的狂吻把我呛得直打喷嚏，
命令我再次爬上池畔，气喘
如牛。我知道，就像水也知道
我这一切只称得上笨拙的挣扎，
就像诗人在世俗的角色里挣扎

——事实上诗人又何尝有一刻
不世俗，他的歌声在水中
也只能跟任何人一样变成冒升的泡沫。
我像划桨一样，把我自己，这只
小皮艇，划近看得见马赛克的浅水处。
一个少年灵活如水手，绕着我穿梭，
好像随时要骑到我身上，划着我
驶向维多利亚港，等风暴来了
再把我泊进铜锣湾避风塘。

4

当我感到口干的时候，我挣扎着
站立起来，把护眼镜推到额头上，
走到池畔餐厅的露天茶座。坐下不久
便听到一个熟悉的声音，唤我的名字。
我感到他是一位多次向我传授
诗歌秘密的已故大师，这一回
他似乎已知道我又要向他求教，
关于诗歌，关于生活，关于
夹在诗歌与生活中间的委屈。
"你要明白，"他说，"委屈
是时代的同义词，在委屈中写作
方能完美，委屈方能求全。
没有人比你更忧烦或不忧烦，

但你可以有，并且已经有了
比别人享受更多喜悦的可能性。
语言使我们得以一脉相承，
隔着几代相遇。当你梦见我
那也是我梦见你，当你书写
你的静脉便也流着我的血液，
你的诗句里也有我用过的字
——当早晨从你玻璃窗外醒来，你看见
而我看不见，你写下来，
我们便在晨光中相遇。"

他声音像晨光，徐徐融入水中，
透过微弱的涟漪把温暖扩散：
"语言是有知觉的，牵一字
而动全诗，每一个意象
都像游泳池里涌动的阳光
溶解你和你鼻尖下的波纹。
你正处于领悟这点的临界线上，
并怀着狂喜等待我来给你肯定。"
他说话像下雨，而我不知道
自己应该忙着避雨
还是应该忙着盛雨。但我知道
在我们这时代，诗人
只能为往昔的大师而写，
他的文字借助他们的脉络而生色，
他在艺术上繁茂，在现实中

只能愈加枯燥。在夕阳的余晖里，
椰树和棕榈树为彼此的形
造彼此的影，诗人就是它们的形影下
其中一个戴着护眼镜的泳客，
大家都保持小小的神秘。
如果他有什么骄傲，那就是
他在现实中低头，
而不向现实低头。
他低头是为了向自己的胸坎
承认他与众不同：
当他创造一个个零的突破，
只有他的祖先在屏息谛听。

1997—2008—2015

西渡（1967—）

诗人、诗歌批评家，清华大学中文系教授。1967年生于
浙江省浦江县。1985年考入北京大学中文系并开始写诗。
1990年代以后兼事诗歌批评。著有诗集《雪景中的柏拉图》
《草之家》《连心锁》《鸟语林》《风和芦苇之歌》（中法双
语），诗论集《守望与倾听》《灵魂的未来》，诗歌批评专
著《壮烈风景——骆一禾论、骆一禾海子比较论》。曾获刘
丽安诗歌奖、《十月》文学奖、东荡子诗歌奖、扬子江诗学
奖等。

143

长诗篇目

《挽歌第一首》

《挽歌第二首》

《挽歌第三首》

《挽歌第四首》

《挽歌第五首》

《悼念伊扎克·拉宾》

《寄自拉萨的信》

《悼念约瑟夫·布罗茨基》

《雪》

《福喜之死》

《蛇》

《纽约降雪》

《你走到所有人的意料之外——悼陈超》

长诗观

中国诗歌从《诗经》就走上了抒情之路，既没有像荷马那样结构严谨的单篇史诗，也没有像印度那种套盒似的史诗，篇幅超过百行的诗已经不多。张若虚的《春江花月夜》才三十六行，但我们感觉已是长篇，这是因为诗的概括力强，天上地下，古往今来，江河湖海，游子思妇，包容的东西足够丰富。这种效果首要归功于诗人高超的艺术手腕，文言本身的简略也是一个因素。新诗兴起以来，诗人每以中国诗缺少长篇作品为憾，多有叙事体的尝试，白采、冯至、艾青、力扬、孙毓棠等都写过叙事长诗，徐志摩也有一首《爱的灵感》。其实，以叙事来壮大篇幅，反而背离了现代诗发展的趋势——况且写作的雄心究竟无法代替写作的能力。艾青、穆旦之前，最成功的一首长诗是孙大雨的《一个人的写照》。这是一首抒情诗，以近四百行的篇幅状写对于纽约的观感，综合内外的印象，感受纷纭，内容繁复，思维深邃，算得一代杰作。

西方现代的长诗，大致有两个取径，一是埃里蒂斯、佩斯型的抒情长诗，以长篇的铺排和超现实的奇思异想来配合激越高昂的情绪；二是瓦莱里、艾略特的象征型，以提纯或浓缩的方式淬炼出象征的形象，成就概括时代氛围、气场的原型。瓦莱里的诗几乎不涉叙事，埃里蒂斯、佩斯的长诗中偶有叙事片段，但都被"意象"化了，以服务于抒情的主旨，艾略特的叙事性场景则被象征化了，成为"原型"的构成部分。此后西方长诗的写作对这两型都有所吸收，也有变化。一些诗人的长篇作品，像沃尔科特，篇幅很长，离开爱伦·坡的教诲越来越远。西诗以后的发展如何，还有待观察。

我自己的写作，以西诗的标准衡量，并没有什么长诗。我也没有刻意写作长诗的打算。实际上，多年来一直为繁重的工作所累，也使我没有时间、精力从容考虑长诗的结构、布局，即有写长诗的野心，恐怕也无法完成。所列长诗篇目，只是在我自己的作品中篇幅稍长而已。而这些东西之所以篇幅较长，不过是因为诗中的情绪或更强烈或更绵延，非这样的篇幅不能尽之而已。从性质上讲，大多不脱抒情诗的范围。那么，将来若时间充裕，有没有可能在长诗领域认真一试？我现在也不想马上给自己一个明确的答案。不过，我想用心写一两部完整的诗集，可能比长诗更紧要。

一个钟表匠人的记忆

> 诗歌是一种慢。
> ——臧棣

1

我们在放学路上玩着跳房子游戏
一阵风一样跑过，在拐角处
世界突然停下来碰了我一下
然后，继续加速，把我呆呆地
留在原处。从此我和一个红色的
夏天错过。一个梳羊角辫的童年
散开了。那年冬天我看见她
侧身坐在小学教师的自行车后座上
回来时她戴着大红袖章，在昂扬的
旋律中爬上重型卡车，告别童贞

2

在世界的快和我的慢之间
为观察留下了一个位置。我滞留在
阳台上或一扇窗前，其间换了几次窗户

装修工来了几次，阳台封上了
为观察带来某些不同的参照：
当锣鼓喧闹把我的玩伴分批
送往乡下，街头只剩下沉寂的阳光
仿佛在谋杀的现场，血腥的气味
多年后仍难以消除。仿佛上帝
歇业了，使我和世界产生了短暂的一致

3

几年中她回来过数次，黄昏时
悄悄踅进后门，清晨我刚刚醒来时
匆匆离去。当她的背影从巷口消失
我猛然意识到在我和某些伟大事物
之间，始终有着无法言喻的敌意
很多年我再没见她。而我为了
在快和慢之间楔入一枚理解的钉子
开始热衷于钟表的知识。在街角
出售全城最好的手艺：在我遇上
我的慢之前，那里曾是我童年的后花园

4

在我的顾客中忽然加入了一些熟悉

的脸庞，而她是最后出现的：憔悴、衰老
再一次提醒我快和慢之间的距离
为了安慰多年的心愿，我违反了职业
的习惯，拨慢了上海钻石表的节奏
为什么世界不能再慢一点？我夜夜梦见
分针和秒针迈着芳香的节奏，应和着
一个小学女生的呼吸和心跳。而她是否听到？
玷污了职业的声誉，失去了最令人怀恋
的主顾：我多么愿意拥有一个急速的夜晚！

5

之后我只从记者的镜头里看到她
作为投资人为某座商厦剪彩，出席
颁奖仪式。真如我盗窃的机谋得逞
她在人群中楚楚动人，仿佛在倒放的
镜头中越走越近，随后是我探出舌头
突然在报上看到她死在旅馆的寝床上
死于感情破产和过量的海洛因：
　　　　　　　一个相当表面的解释
我知道她事实上死于透支，死于速度的自我耗竭
但为什么人们总是要求我为他们的
时间加速？为什么从没人要求慢一点？

6

这是我的职业生涯失败的开始

悲伤的海洛因，让我在钟表的滴答声里

闻到生石灰的气味：一个失败的匠人

我无法使人们感谢我慷慨的馈赠

在夏天爬上脚手架的顶端，在秋天

眺望：哪里是红色的童年，哪里又是

苍白的归宿？下午五点钟，在幼稚园

孩子们急速地奔向他们的父母，带着

童贞的快乐和全部的向往：从起点到终点

　　此刻，我同意把速度加大到无限

1998.6.14－17

下卷

二十一世纪现代汉语长诗

胡丘陵（1963—）

湖南衡阳人，中国作家协会会员。著有小说集《苍茫风景》，出版诗集《岁月之纹》及长诗《拂拭岁月》《2001年，9月11日》《长征》《2008，汶川大地震》等。

2001年，9月11日

如果你感到这寒冷的冬天有些漫长

请用我的诗歌取暖

如果你感到被撞的地球还在疼痛

请用我的诗歌疗伤

——题记

第一章 ！

1

2001年，9月11日

曾经被欺骗的曼哈顿，真实得

谁也不曾怀疑

这是21世纪一个平常的早晨

两只原本可爱的鸽子

吞进了，圣水与仇恨浇灌的几粒粮食

和一千零一夜故事

迷失在，绕树三匝

总不能筑巢的楼林

将毁灭的方向，当成

回家的方向

2

生命和使命，同时撞上
美利坚，美丽而坚固的大厦
和8点48分，这一刻骨铭心的时间

那些叫作石油的文明乳汁
因为在地下
或者与伊拉克那些
也只能在地下生活的儿童
一起埋葬得太久
迸出伤口，野蛮地燃烧
将世界上最亮的月亮
熔化成血液，从哈得逊的脉管
急剧扩张
让地球的每一条河流
都掀起，滚滚巨浪

3

那股通过卫星传过来的浓烟
呛得我喘不过气来
小女孩美妙的琴声
被戛然撞断

老奶奶菜篮里的西红柿

滚落在地
流出血的汁液

楼上平常喜欢逛街的孩童
一个个撞得跑回家来

一向只关心农作物收成和病虫害的农夫
也开始关心
两幢大楼里人们的命运

一对无话可说，即将分手的恋人
撞得惊恐地抱在一起
开始有话可说

兄弟俩一位从美国打来电话
声音呜咽
一位揣着拒签的移民申请
哼起了小调

养老院里
一位朝鲜战场断腿的老兵
露出了他一生中，最为灿烂的笑容
另一位曾用机关枪击毙过15名美国大兵的老兵
愤怒地表示
如果需要，他将与50年前的敌人一道
走上反击恐怖的战场

4

就这样，许多因为拥有这两幢高楼
总是仰视的头颅
和许多因为没有这两幢高楼
也必须仰视的头颅
都低了下来，盯着那些屏幕和纸张
看一看，高高在上的
钢铁、水泥和石头
究竟是些什么模样

畅通的互联网被撞成
纽约的消防通道
拥挤不堪
地球所有晴朗的天空
都下了一场小雨

高高耸立的20世纪
在这一瞬间
撞得支离破碎
撒落在两度沦为废墟的地球

我的那些从海中打捞的整整齐齐的诗句
也被撞倒在海里
东一行，西一行
至今，还在不知所终的旅途

到处流浪

第二章　？

5

是谁，将人送上天空的工具
变成将人送上天堂的工具

是什么样的风，吹得那些
嫩绿的橄榄不管春夏秋冬
都是枝叶飘零

是谁，使那些传递甜言蜜语的 motorola
传递绝望的信号

是谁，在那些种地瓜的黑土
种下了地雷

是什么样的命令，让那些
应该拿铅笔的小手
拿起了钢枪

是谁，使一些无辜者
成为另一些无辜者

不共戴天的敌人

6

是谁，使一向强硬的帝国
开始觉得，自己所有的建筑
硬度不够

是谁，使遥远的北极熊
感到了雪山的崩裂

是谁，撞得在那一百年里
轻轻一碰就成瓷片的 china
阵阵作响

是谁，将那些废墟上崛起的智慧
再垒起一堆废墟
成为多少清理工人
都无法清理的思想

是谁，将我们
这些天一直压在新闻堆里
每个人的腹部
都钻进几枚不同方位的导弹
那些从窗口跳下的冤魂
从纳粹的集中营

一直跳到南京的土坑
良知的浓烟
湮没世界上
所有笑声

7

为什么，一位从小怕羞的孩子
变得死也不怕
穆罕默德·阿塔
你从小就想成为出色的建筑师
为什么却成了
最高建筑的毁灭师

拉登拉登拉登
你那蓬乱的大胡子里究竟藏些什么
为什么，轻轻一动
就有人
赴汤蹈火
除了那个半岛上
很少有你的声音
为什么总有人
用鲜血和生命
兑现你的金钱和誓言

为什么一幢高楼倒了下去

另一幢，也以身相许
这些钢铁和石头
在灾难与灾难中交媾
也分娩出
美丽的爱情

8

为什么，人生的道路千条万条
耶稣、释迦牟尼、穆罕默德啊
你们为何各自
只指给他们一条道路

上帝，佛，安拉
天堂如此美好
你们为什么
不能成为朋友

······

为什么，培根死在
走向耶路撒冷忏悔的途中
为什么，哥白尼、布鲁诺的
鲜血
至今还在广场上
开放着鲜花

为什么，无情的山石
难以衰老
而有情的人类
却艰苦凄怆

为什么，珠穆朗玛峰
最高的风光
却只能让雪山上
那些最低级的动物分享

9

为什么奥西里斯
被他的兄弟塞特杀害
而塞特的儿子又杀了塞特
杀来杀去的故事
流传了六千年，还在流血

为什么乌特·纳底什提的挪亚方舟
至今还在巴比伦的洪水中
漂浮

为什么要激起
阿喀琉斯的愤怒
黑血浸泡的《伊利亚特》
为什么至今还有人重复朗诵

怜悯之神

酷爱好战的神啊

你们为什么要达成

唯一的安拉的协议

10

什么使非洲的大象

无影无踪

什么使亚历山大公主

孤独的蝴蝶

失去了朋友

什么使鸟儿，找不到筑巢的森林

什么使所有的动物和人

都恐怖得

不能作声

什么使生命成为一种疾病

什么使死变得

不可救药

什么使人类，走到

约翰·莱斯利的尽头

11

当剑与矛取代纸和笔的力量
当战袍裹紧婴儿
放弃智慧的世界
已经容纳不下整个世界
寂寥的深夜，谁在敲门

当我们用出口的罗盘
换回向往已久的时钟
时间也就停在那个朝代了
谁告诉我们
谁指引我们

为什么屈原的一百七十多个问号
都被拉直以后
又出现一千七百多个问号
为什么？要有那么多为什么

诗人啊，千万别大彻大悟
当江淹写就他的《恨赋》
才华，不尽也尽

第三章 ——

12

或许，越是耀眼的高楼
对不属于他的人
越是刺眼

太阳的亮光
被玻璃幕墙，反射到
大洋的彼岸
使那些躺在帐篷中的人
耿耿难眠

当树根指引他们
从干涸的沙漠
走到取水不尽的城市
因为不准随地吐痰的缘故
一吐，就吐出血来

真正流着蜜和牛奶的哈得逊
不能让人随意吮吸
高楼越高
小草越长不成小草
城市越是喧嚣
失去圣城的流浪者

越是孤独

因为金属的骨头，脸上
总是霓虹灯的光彩

那些放牧羊群的皮鞭
却不得抽赶贵妇人牵着的小狗
手痒得总想做些什么

目光愤怒的时候
怎么也看不到
正义的花朵
开放

道路越是宽广
越不知道
路，在什么地方

塑料袋包装的城市
使乡村的孩子惊奇
也使乡村的孩子恐怖

荆棘中的大厦
和那些电一样
总不让乡村的孩子触摸
于是，就有了雷电

13

脱胎换骨的奴隶
一代一代，不再纠缠
皮肤的黑色

一次世界大战
1000万冤魂，注释不了
一次结束的战争的战争
几个狂人，就吞噬了5000多万生命

因为季风的滋润
集中营幸存的犹太人
使高楼越长越高，在空中
脉脉含情
谁都羡慕
谁都被引诱
做着自己的梦

一些人带着信仰
朝着麦加的方向
一些人带着金钱
朝着纽约的方向

许多人常常被坚硬的
英语和美元

撞得遍体鳞伤

巴黎的雨，经常移在
纽约的上空
纽约的雨
再也下不到巴黎

惠特曼那些草叶的种子
只能在高楼的缝隙里
生长

高楼成林的时候
汤姆叔叔的小屋
再不会有人撞击了

雨果的悲惨世界，没有大厦的毁灭
也就不清楚
悲惨在哪里

雪莱总让他的西风，吹走
最美最崇高的颜色
天天制作牛奶和蜂蜜的高楼
也有制作眼泪的时候

14

十九世纪仿佛什么都没留下
只留下，罗纳尔·诺贝尔的遗言
和那笔炸药炸出来的奖金
于是，许多科学家和文学家
都想闻一闻那火药的味道
瑞典皇家学院
总是硝烟弥漫

可以解开人体的基因密码
却不能解开思想的密码
可以克隆牛羊和人体
却不能克隆思想
到处都是医院
却不能医治灵魂的创伤

海德格尔海德格尔
你从乡村发掘的技术的
拯救力量
为何总是寻找不到
巴门尼德的无蔽

弗兰克·卡伯特森
可以向太空输送物品
却不能给非洲饥饿的儿童

输送更多的饼干

我们用技术打垮了我们
加加林和那些生活在太空中的人啊
你是否感到
超凡脱俗

15

沿着肋骨，我们一步一步
登上楼顶
只见释迦牟尼的菩提树上
几个果子，全是苦的
万念俱灰
也是我们一种恐惧

耶和华的旧约变成新约
新约又变成了旧约
那不论有弹奏还是无人弹奏挂在柳树上的琴
至今还在哀鸣
今年你囚禁他
明年他囚禁你
坑坑洼洼的地球，每个人都是
巴比伦之囚

荒凉的阿拉伯

白色的头巾，向石头顶礼膜拜
在洞穴里，坚持思想
坚持羊皮牛皮和骨片上的经文
枣子面包也接受了安拉的圣谕
诱人的72位美女
珊瑚上的老人
全部返老还童

只是特洛伊战争诞生史诗
所有的史诗
都是复仇与英雄

伊利亚特，奥德赛
让波塞冬的神骏
静静地啃牧草吧
雅典娜温柔地
摇着橄榄枝的时候
阿拉伯的麻雀
叫个不停

如此迷人的风光
是不是波德莱尔的花朵
在撒旦的诗篇里开放

16

或许，人们遗忘了
"人人生而平等
造物主赋予他们若干
不可让与的权利"的宣言

或许，人们遗忘了
"任何苦难，只要尚能忍受
人类还是情愿忍受"的经验

或许，杰斐逊
那些被删除的谴责
总是从墓志铭的石碑里钻出来

17

或许，高楼提高到一定的高度
注定要成为废墟
或许，那些钢筋、水泥
一切从石头开始
必然要还原成石头
或许，城市的一切，诞生于火
必然要还原于火

是什么催眠这两座大厦

高楼站立是 8

倒下去，就是 ∞

站立是两幢大厦

倒下去是两座桥

从此岸到彼岸

许多人，从蚂蚁的春天走过

我却不能过去

守着废墟

就守着祖父的墓

也守着自己的婴儿

有一天，我和高楼一起

平静地躺在手术台上

用宗教的刀，剖开我的胸膛

慢慢地，医治创伤

刀越生锈

牙齿越是尖锐

风是兵刃上的月亮

呼啸而过的时候

所有的星星都闭上眼睛

其实，河流就在身旁

因为自来水的网管

遍布全身

173

血液变色，还不清楚

浓烟的舌头
舔着蓝天的伤口
闪电堆成一座山
马，驮载着青草前行

拨动着地球仪
回忆起那年宇宙的碰撞
将那年的热情和陈年往事都冻在冰箱里

应该向钟表膜拜
只有他们能记住
岸很真实
不管浪花多么温柔
点点滴滴，都在啃噬我的时间

18

常喝别人用水勾兑的酒
总嫌太淡
喝自己酿出的酒
一喝便头脑发昏
只有把大洋都吞进去
让那些饥饿的鲸鱼
在回肠中翻滚

大楼的门太紧
许多想进去的人常常进不去
许多想出来的人却又出不来

两幢高楼，只是上帝的
两个棋子
坍塌是奠基的开始
奠基是坍塌的开始

上帝的高楼倒了
仍然属于上帝
闭上眼睛
高楼总是立着
然而，我们又不能闭上眼睛

登上楼顶
也就登上了刀锋

大楼坍塌的瞬间
我已经老了
只有自由女神你还是年轻
你可要拿好手中的火把哟
千万别烧毁我的情书

放下弓箭的但丁
唱起了神曲·

唱到14233行

十日谈还是没谈清楚

就让炭疽病的话题

再谈十日、百日、千日

弥尔顿失明的时候

也就失去了乐园

失去了浮士德的一瞬

若是所有的大楼

都与这两幢大厦一样的高度

任何飞机

都不可能准确撞中

19

其实，火焰的方向

就是我们行动相反的方向

也是灵车缓缓行进的方向

很多石头落地了

本·拉登的心里

一次要多一块石头

在歪曲的目光里

许多道理再也直不起来了

给太阳输入液体

切掉那黑斑的部分
让世界，在湛蓝的天空下暴露无遗

独处的时候，我常常想将所有的衣服
拼成风帆
任白骨和夜莺歌唱
尸体醒来的时候
绝不会作下一次恐怖的报复
彻骨的痛
也由此，失去光芒

这是前不见古人的历史
大楼是大家的楼
却不是家园
大楼倾斜的时候
所有的哭声
都是直的
再先锋的叫喊
再狂热的迪斯科
都不如这一瞬间

为什么总是留给美国
血淋淋的记忆
交易所不再交易
市长朱利安尼偶然的一撞
被撞成了

风云人物

20

长江黄河流淌的都是酒
醉得人躺在故乡不动
不醉的人漂向了海洋
一半，尸骨消失
一半，体强力壮

中国只倒塔
不倒高楼

金死了，变成水
水死了，变成木
木死了，变成火
火死了，变成土
土死了，变成金

沉戟的斑斑铁锈仍未销去
如果周郎的东风
不吹给彼岸的阿塔
大楼，依然矗立

珠穆朗玛的雪下
覆盖着多少牛羊的尸骨

只是无人发掘
便长成石头与琥珀

不管西服多么笔挺
我都挽起衣袖与裤脚
我常常从汉语散步到英语
又从英语散步到汉语
临终的遗言
我想还是汉语
学习外国的语言越多
我的汉语，讲得
更加流利

21

高楼没有叶子
也就没有鸟儿来筑巢与哺育
诗人只写森林
这次来了两只鹰
五角形的楼里
飞出更多的鹰来

诗歌有撞击大厦的力度
我的诗，更能够
建造大楼

油画的高楼

没有断裂的地方

高楼也就容易断裂

中国画有许多断裂的地方

中国的高楼

却难以断裂

陈子昂哭倒了幽州台

孟姜女，哭倒了长城

然而沙龙

却哭不倒

哭墙

西塞山前，张志和的桃花

从唐朝开到现在

年年斜风细雨

然而人们早已回归

空调的家园

不论贝多芬的田园还是悲怆

所有的交响曲

都是用不同的乐器

发出同一种声音

22

其实，21世纪的朝霞
已随着建筑师的翅膀
伸上了蔚蓝的天空

只是警报年年惊醒春天
城市的树上，比乡村
更容易结满炮弹

高楼的骨头原来也软
闪念之间青年撞倒了老年

许多单身的男子在嚎叫
大厦里面
不能埋葬女人

其实，因为年龄才长胡须的汤姆
今天不需要忏悔了
遗言比什么都真实

所欠的债务，不需偿还
这个月的税款，也不需交纳
还有戴维曾欺骗过妻子
现在也不需要解释

那些窃获的商业秘密
你要用它打垮你的对手
还有那份造假获得的
银行信用书
于今，一切都已没有意义

二根光柱升起来
光，是所有美国人的呼吸
整个世界，沉默无声
短短几分钟
如同一个世纪漫长
许多人哭了
只有拉福格在笑

尤利西斯遇到的美人鱼
被女神的火把照亮
楼内的生命
与巴米扬大佛一样
肉体永远属于大楼
灵魂，被弥尔顿的诗句
逐出了乐园

用拉撒路沿路乞讨的资金
来修复这两幢大楼吧
让每一层，都住着一个
哈姆雷特

重建二幢大厦容易

重建心中的理想太难

山崎实啊山崎实

设计的时候你是否想过

信仰和高楼

谁真正坚不可摧

第四章 （　　）

23

我咀嚼这些砂子和石头

周身疼痛

高楼崛起于

艾略特的荒原

纵然繁花锦簇

也免不了，荆棘丛生

诗人的葬仪

也拖得太久了

八十年的丁香花

至今还在等待太阳

不知能否，从废墟的石缝里

长出燕子的模样

让这些瓦砾
把身子冲洗干净
窗子变形了
眼睛，永不变形

许多陌生的面庞
在废墟中细细交谈
真正做到了
以心换心

泰坦尼克倾斜时
有人绅士般地拉着提琴
其实音乐家知道
离开甲板同样危险
大厦倾斜时
没人拉琴了
音乐家知道，陆地不是大海
离开危险就不危险
其实，他们也不知道
人危险，处处也都危险

不论保险的理赔价值
相差几何
都是毫无意义的数字和游戏

所有的生命
都是同样的价值

那窗口飘落的纸片上
是否都写着
"人人生而自由，在尊严和权利上
一律平等"
"人人有权享有生命、自由
和人身安全"

谁都知道，这绝不是地球上
最后两幢高楼
竣工时
多少工匠，彻夜难眠
我受伤了
所有心痛的人都受伤了
撞倒的，全是旁观者

24

每年的冬天
我都等待你和那场春雨的降临
望断千轮，都不是
那辆大篷车

波德莱尔的花

久开不谢
大厦里的人都必须
走同一条路
用同一种姿势屈服
只有农夫，在宁静的山林里
随着野兽的道路追行

兰亭不撞也倒了
梓泽早成丘墟
滕王阁毁了又建
建了又毁
只有王勃那只孤鹜
还在飞翔

相距了一百多年
圆明园废墟里的石头
与世贸大厦废墟里的石头
工艺差不了许多
只是圆明园中的许多瓷器
嵌在别人的博物馆里
而世贸大厦的瓷器
彻底粉碎

大江健三郎
写得出这样高的高楼
却写不出撞得这样惨的高楼

死海是海，死海是死了的海
然而死海实实在在地活着
只是在人们的心中
已经死了

大厦倒了下去
诗歌崛了起来
好多年前，中国就有穆旦
和穆木天
两根柱子顶着

戴望舒的雨巷
湿漉漉地
怪不舒服

还有一些诗人
因为缺钙的缘故
这次恐怕不能娇声娇气
沙叶拉娜沙叶拉娜地
再别高楼

25

朋友朋友，我看你看大楼的目光并不生动
砍掉年轻的树
就是拐杖

扶着它，即使是残疾人
也能走出
好莱坞的恐怖电影

风萧萧，易水与幼发拉底河
一般的寒凉
壮士荆轲的匕首
先在自己的心脏上刺上一刀
方才出发

要是撞一撞寒山寺的钟
该有多好
人造的灾难和人造的卫星一样
令人惊奇更令人恐惧
既有外伤
又有内伤

烟雾，是高楼吐出的
最后一缕蚕丝
将文明包裹在宇宙
巨大的茧里

我注视着那个冒烟的伤口
那是你的全部精气
即使不倒也是一具僵尸了
还不如在轰鸣中

涅槃

想想那多伦多峡谷
如果让多情的风雨
慢慢剥蚀你的躯体
或许，早一天毁灭
比晚一天毁灭
更有价值

美利坚，教会了许多
只能上升不能下落的逻辑
咫尺天涯的两幢楼
等得太久了
共同消失
成了一种过程

26

大厦的影子
早已穿越国界
把整个纬度都遮住了
大厦倒下了，影子变成了经度
看不清楚
影子更是影子

不必拉门

大楼所有的门都为你开着
可你自己的门
早已关闭
别人进不去
你也出不来
注定要在烟火中窒息

从窗口逃生
听听那些哭声和喊声
阳光都跳进了海里
渴望那些珊瑚
都长成海绵

两滴眼泪掉了下来
大西洋咸了许多
问一问殉难者
消失的那一刻
痛，还是不痛

走向死亡如此坦荡
就像走向彼岸
成为众神的一个

车来车往
都在碾压着父亲的肉体
虎狼一般的吼着

其实十分孤独

那是上个世纪就储存的哀鸣
只是不知道
谁还在赞颂谁还在歌吟

张开的手指
都是残缺的
问一问天堂里
有没有导弹和坦克来往

27

在地球最核心的部分
总有许多炽热的思想冲动
海面，波涛汹涌
海底，也难以宁静
或许今天是丘陵
明天就是山峰

两幢大楼，都穿着
皇帝的新衣
纽约有没有庄周的蝴蝶
孔丘因为没有轮船
也就不能到达大洋彼岸

龙是拼凑起来的怪物
那么多人，顶礼膜拜
千年来赋过的那棵枯树
现在还是枯树
只有皱纹让你回忆伤心的事情

嘴唇与茶水约会是如此艰难
白发便是故土
小草呻吟的时候
玫瑰上面就是刀锋

镜子里的人很不真实
真实的只是镜子
不要理会那些
乱七八糟的乐器
它只是为了
规范你的呼吸

飞机就是他的桥梁
远方的许多人
从不怀疑大楼的真实

死亡，其实不是一个人
孤独的事情
死亡其实就是交响
无数的生命

构成乐章

精密的钢材其实很粗糙
原子里有许多空隙
善良和恶毒全塞在里面
论品质，还不如
原始的石头

28

在没有柴草没有麦穗
也没有向日葵的高楼
只有水中倒影的冲动
水可以干净很多东西
却也可以脏污很多东西
水很温柔
水很可怕
水，深不可测

水中稚嫩的少年
在瞬间头发就变白了

释迦牟尼的姿势
坐也好，站也好
还是释迦牟尼

几千人长眠不醒了
几十亿人却一同醒来
同时发现，梦想不再

圣母玛利亚
诗歌中最美的花朵
谁的雨露令你生长

耶稣无缝的外袍
打起了补丁
十字架森林一般立着
但丁塔，同为风雨
而倾斜
天堂里，有许多大厦

29

两幢高楼死亡了
许多高楼将建在坟地里
所有的碎片
都发出冷冷的寒光

其实，我和所有的高楼一样
都渴望飞翔
因为高，受到许多仰视和崇拜
因为高，受到许多屈辱和打击

我不怕撞断手脚

和脊梁

就怕撞击我的心房

和那头上的月光

高楼在的时候向往高楼

高楼不在的时候

我只有回家

所有窗前的月光

都是一个模样

三闾大夫是为那个月亮

而投入汨罗

李太白也是为了那个月亮

而溺入长江

只有蝴蝶美丽

经常毫无恐怖地

在坟上乱飞

高楼是蝴蝶吹倒的

大厦其实和向日葵一样

总朝着金钱

一天要扭上几回脖子

扭断的时候

牛津词典里

也就多了许多新的名词

爬在最高处的
有商人也有诗人
但打开窗户
任冷风削瘦面颊的
只有诗人

两幢高楼，我看来看去
就是郑板桥二根瘦瘦的竹子

30

即使脱掉所有的牙齿
也要从废墟的石头里
嚼出音乐与鲜花

心脏鼓动我一次次攀登
110层，层层都装着财富
层层都装着智慧
智慧属于自己
许多财富不属于自己

财富常常使人遗忘
遗忘了珍珠港的故事
才有了朝鲜和越南的故事
遗忘了朝鲜和越南的故事
才有了伊拉克和科索沃的故事

196

遗忘了祖父

才有了父亲

遗忘了父亲

才有了自己

头上的钢盔依旧

生命，何时贵如导弹

一些人称作英雄

一些人却叫作恶魔

一些人称作壮烈

一些人却叫作恐怖

都说战争神圣的时候

谁都不再神圣

每个都是一颗螺丝钉的人

总有一天，每个人

都是一部独立的机器

总有一些机器

不是生产，就是撞击

心中的高楼依然屹立

只是在不同的国度

不同的心中

难怪所有星球

都是圆的

原来，所有的终点
都是起点，所有的起点
都是终点

31

我不懂事的时候
爷爷给我讲遥远的故事
我懂事的时候
只能讲爷爷的故事

整个美国成了一只包裹
教人都想看看并且拥有
但又都怕那炭疽的病毒

不要将它传给善良的人们
也不要将他传给恶魔
最好是，自生自灭

有时也醉里挑灯
看文天祥生锈的剑
遗忘过去的梦
就多晒一晒故乡的太阳

去年的桃花
在春风中孕育

分娩的全是笑声

不论是直立的麦芒
还是稻穗低头默哀的模样
只要颗粒饱满
我便感到
心里踏踏实实

第五章　/

32

整个冬天
我都生活在水里
阴郁的天空
到处都是鱼
啃我的脚趾和手指

仇恨制导的飞弹
比任何武器都先进
当骨头和血肉成为子弹
也就再没有
穿不透的堡垒

在无形的梦想里，任何天网

都不能隔离
上帝与孩子的联系
不论战争多么正义
任何炸弹，都不可能
炸出文明

格兰卢斯林的草地非常安静
一只温柔的小绵羊
静静地啃着青草
啃得地球上的纸张
一夜间
贵了许多

那些日子
我们一听到广岛
就浑身战栗

其实，曼哈顿和广岛差不多
都是在用无辜者的鲜血
证明正义还是非正义
命名是战争还是恐怖

追求用火炮和机关枪
说话的人们呵
其实用餐具和酒杯也可以对讲
用肉体也可以对讲

在科尔战舰上
受伤的总是读书声

每天都让那些鹰，守望
温暖的巢穴
哺乳着雏雁
衔着橄榄枝来

33

谁不渴望美丽的家园
在那恐惧的时间里
我一听到国歌就热血沸腾
一看到国旗
就泪如泉涌

不要怕这堆废墟
在所有的城市
都装进塑料袋的时候
中国红楼里的女子
早就葬下了无数高楼

许多梦中的墓穴都在宫殿
谁也不曾梦想
自己的墓
如此奢华

只是每个人都一身干干净净
随葬的，只有
一种理念
和一个时代

幸福与钢材一样硬朗
幸福与钢材一般脆弱
直至毁灭
始知价值几何

将基础伸向地下越深
也就是向空中越伸越高
废墟里的梦才是真正的梦
活着的人，全都在
做死人的梦

不要再渲染工程的浩大
掘土机天天都在
啃我们的骨头
将所有的道理都抛开吧
人类，是人类自己的敌人

只有阳光不会衰老
只有影子不会腐烂

离人类最远的是人类

离时间最远的是时间
离空间最远的是空间
生生息息，枯枯荣荣
地球上的东西
还在地球

34

听一听小珍妮稚嫩的童声
妈妈，我才俯瞰这
美丽的城市
为什么要成为最后的一瞥

妈妈，我要摘取红红的太阳
可太阳，一下子
就倾斜了
太阳好热，我好热

原来不是太阳在燃烧
许多吊灯都成了他的玩具
只是小手
来不及动弹

听一听爱丽丝的电话
"妈妈，我爱你"
然而，这是最后一次

肯顿逃出大厦
第一眼就看见赶来的兄弟
他未曾意识到
所有的消防队员
都成了他的兄弟

总有人在叫喊
不知是誓言还是遗言
一句"让老人先走"
一句"让伤员先走"
真的就让开了一条生的道路
老人未必生还
伤员未必活下来
真正活下来的
是这语言，以及那条灵魂的绷带

世界上人口最多的
国家的慰问电
与阿拉法特的血液一起
粘贴在美利坚的伤口上

就在这一瞬间
此岸变成了彼岸
就在这一瞬间
寂寞变成了再生
就在这一瞬间

罪恶变成了救赎
就在这一瞬间
恶花结成了善果

35

奥玛·里维拉的导盲犬
惊恐地跑出去，又回到
这位盲人的身边
在人体成为炸弹的时候
一只犬，拯救了一个人的生命

我常常深入瓦砾之中
看看那些时间的根
是否还在吮吸水分

我在这冬天被撞成三个我
一个在高楼的坟墓里
一个要十年后
被我的智慧包裹
一个要百年、千年后
再勃发青春

36

一个世纪的时间

怎么经得起这么一撞
我们不能，再走那条
撞得变形的道路
即便是圣者
也不应为死亡
感到高兴

当欧洲的十几个国家
围绕同一种货币旋转的时候
一根铅笔划出的三八线
还不时牵动地球的神经
越南的椰子里
至今还有火药的味道
伊克拉的小宝贝
还与宝贝石油一起
在地下生长
南斯拉夫的桥还在冒烟
蓝色的多瑙河
还在忧伤

耶路撒冷的锡安山
何时能够安宁
犹太的哭墙
让人哭了近十个世纪
至今还是
泪水涟涟

耶稣啊
你最后的晚餐
还不吃完
成为多少
无辜殉难者的晚餐

37

想一想用身子丈量大厦的人
总是惊魂未定
肯尼迪用血浇灌的树
枝繁叶茂
英·甘地的翅膀
还在抖动
拉宾那只扣过无数扳机的手
与阿拉法特紧握的时候
许多母亲的眼泪
被季风吹干

有些信念越是坚定
人比其他动物就更为凶残
曼哈顿的故事本来就陈旧了
期望比高楼更高

此刻，在所有的眼睛中
站立都是人类最美的姿势

怕只怕被两把尖刀同时刺伤的心灵
常把炊烟当成烽烟

38

如果大楼有兵马俑守着
是否有人撞击

如果没有神的暗示
如果没有哥伦布
可能就没有高楼供人撞击

原来骆驼在沙漠驮着的
全是尸体
高楼里种不好庄稼
只能关那些狮子、老虎或大象
生是如此的美丽

敲一敲生锈的钟吧
雁来雁去
唳声凄惨而悠长

秋风呢喃的时候
情人约会在刀锋上
任狂风掀起铁窗

小草的一生
就是时间
那些恐龙
把那些光都装进瓶子里
撞倒了的时间
还是时间

第六章 ……

39

感谢那些撞不倒的新闻
使我们在大洋的彼岸
目睹那真实的瞬间

在被废墟压得不能动弹的日子
我只能饮历史缝隙的泉水
维护生命

每年的这一天，同样会有生命诞生和消亡
同样会有笑声和哭声
同样会有总统
为他的政治推销所有的手段
同样会有平民
为他的一生，渴求和平与安宁

撞击的过程
是我抵达诗歌的路程
死去的大厦
让诗歌活着
诗歌让我活着
然而，我怎么也
活不过我的诗歌

我的脚印一深一浅时
大厦早已
歪歪斜斜

把诗歌贴在伤口上
收藏那些阳光
穿在冬天的身上
让石头和钢铁
都长满翅膀

其实，高楼的模样
让闪光灯照得
青春已逝

大楼倒下来
是你起飞的方式

看看高楼是否存在

只是证明自己的眼睛
是否存在

想想许多城市
定向爆破拆除的大厦
多么悲哀
还不如被人撞击悲壮

这楼不是撞倒
世人会慢慢忘却
正因为被撞倒
才成了历史永恒的大楼

伤痕累累的时候
如果不倒下来
纵使修复得天衣无缝
也难以光彩依旧

40

将那些石头和砂子
都埋在地下
让它们慢慢发芽

长成大楼的那一天
每一个果子

都是一个新家

不是自身砸碎了锁链
而是别人帮他砸碎了锁链
对于想离开这大厦的人
对于被股市套牢的人
对于被迫从此跳楼的人

把这个秘密永远埋在城市的废墟里吧
有利于许多大厦的幼苗
从石缝里钻出

将多米尼的山羊
都放出栅栏
许多朋友，都撞得
素不相识
不论是谁，撞倒的
都是自己家园的一部分

如果格林尼治的时刻
停留不动
大楼还是两幢大楼

41

沿着恐龙的骨骼

我又走了回来
在火焰中舞蹈
烧掉所有的肉
炼就骨头

砍掉头脑
只有一只手绘出一栋高楼
拨一拨地球仪
心便开始旋转
醉倒在世界文明史里

在漆黑的夜晚
所有的皮肤
都是同一种颜色

读惯了血液书写的《古兰经》
自然就不怕
为安拉流血

智慧的恐怖
比野蛮
更为恐怖

赶出森林的鸟
天空无比宽广
鸟，越是孤独

勇敢者不是敢于死亡
而是敢于生存
不是用鲜血
浇开将军肩上的花朵
而是浇灌田园的庄稼

42

总爱追求刺激的国度
总算有了刻骨铭心的刺激
以致今后的岁月里
都不看《独立日》那些电影

目睹大厦倾斜的儿童
在他们的眼中
一切都是正正直直的了

其实，所有的恐怖
都是阳光的恐怖
没有阳光，什么都没有了
没有阳光，也没有去向
只是他们仓促地消灭
来不及精心打扮一番

窗子倒下了，月光站立着
父亲倒下了，儿子站立着

高楼倒下了，土壤站立着
人体倒下了，思想站立着
门槛倒下了，身子站立着
电梯倒下了，双腿站立着
这个神倒下了，那个神站立着

于今，废墟热热闹闹
只有过去的照片，冷冷清清
整个纽约市政厅
撞得风起云涌

43

原来世界上最硬的
不是钢铁，而是骨头
世界上最精确的制导不是卫星
而是思想

我乘着诗歌的电梯
青云直上

虽然还是冬天
花蕾牵引我
沿着那条秘密的小道
走进春天
让蝴蝶和蜜蜂

215

舞蹈彩色的话言

怎么不撞倒杜甫的茅屋
让所有流浪的儿童
都住进，从不漏雨
只漏香槟只漏牛奶的伊甸园

仔细看看废墟的石头
与耶路撒冷哭墙的石头
没有什么两样
只是哭的人
各不相同

哭得越凶
撞击的灵魂
越是兴奋

44

青年少年啊
用你的劲腿去跳《天鹅湖》吧
都去拉一拉维瓦尔第的小提琴
或许，那操纵手柄的手
会改弦易张
即便拉出血来
也不要去扣那扳机

面对这些无辜的死难者
我和60亿人口一样
都是这次撞击的幸存者
伤痛的人们请永远记住
不管做错了什么
还是做对了什么
无辜的生命，都不应该
成为攻击的对象

不要用个人的躯体
秘密地制造恐怖
也不要用国家的机器
公开地制造恐怖
不要使用人体炸弹
更不要使用核子炸弹

45

时间清理着瓦砾
我用所有的诗句祈祷

让清澈的河水
都流着牛奶和蜂蜜吧

让坐在坦克上的儿童
都坐在迪斯尼的游乐车里

让揿报话机的小手
敲打电脑
给海洋对面的少女
发出友好的 email

让手中的钢刀
都成为收割的镰刀
让所有的枪声
都变成
禾苗拔节的音响

让所有的炸弹
都用来开山凿石吧
或者，融化高山的冰雪
让纯净的水
浇灌荒凉的沙漠

生死度外的青年啊
请把你们的血
都献给医院吧
把你们的骨骼
献给那些在地上匍匐的人们
把你们的眼膜
献给失去光明的人们

让非洲土著人身上的树叶

换上西装

让受伤的孩子
既服西药也服中药吧
让所有导弹控制键上的手
都弹一弹肖邦的前奏曲

伊斯兰伊斯兰
请揭开纱巾吧
让我看一看
阿拉伯少女美丽的面庞

请把你的力量都用来射门吧
全世界的人们都为你欢呼

诵读《古兰经》《圣经》和《佛经》的人啊
也读一读中国唐人
"海内存知己
天涯若比邻"的诗句
让地球村庄的人们
都欢聚在和平的树荫下
共度一回
诗歌的节日

清理好废墟
连同那些可怕思想埋葬

让时间告诉天空

——要风的时候就刮风吧

要雨的时候就下雨吧

要阳光的时候

到处都是，灿烂阳光

2003.1 写于清华园

郑小琼（1980—）

四川南充人，2001年南下广东打工。作品发表于《人民文学》《诗刊》《独立》《活塞》等。有作品译成德、英、法、日、韩、西班牙、土耳其语等语种。出版诗集《女工记》《玫瑰庄园》《黄麻岭》《郑小琼诗选》《纯种植物》《人行天桥》等十二部。诗歌曾多次获奖，曾参加柏林诗歌节、鹿特丹诗歌节、法国诗歌之春、土耳其亚洲诗歌节、不莱梅诗歌节、新加坡国际移民艺术节等国际诗歌节，其诗歌多次被国外艺术家谱成不同形式的音乐、戏剧在美国、德国等国家上演。

长诗篇目

《人行天桥》（2003）

《完整的黑暗》（2004）

《进化论》（2005）

《魏国记》（2005）

《在五金厂》（2006）

《变异的村庄》（2006）

《幻觉者面具》（2006）

《挣扎》（2007）

《返乡之歌》（2008）

《时间之书》（2009）

《可园记》（2013）

《黄斛村记忆》（2005—2016）

《水湾》（2017）

《半岛》（2018）

长诗观

长诗并非容量的扩展，更应该是容量的节制，长诗并非语
言松散的膨胀，而是内在结构、逻辑的精致建构。

返乡之歌
——《村庄史志》之二

题记：对于时代，我们批评太多，承担太少

在焦黄的时辰中复活的黄昏

没燃烧尽的时刻，收割后的平原

大地留下来的辽阔跟沉思的夕阳，有风

吹起丰腴的回忆，长久摇曳的

神圣的童年——照彻大地的光线

坚持古老的……有风吹送它

纯粹而自然的光泽，它，一定在遥远的

时空中闪烁，为清苦的村庄送来

一夜寒霜，多少鲜活的生命在凋落衰老

秋风安慰着我漂泊的命运

岑寂的黄昏，遍布回忆的光

将我的心照亮，风深入往昔的缝隙间

战栗的落叶跟熠烁的时光齐飞

收割后的庄稼地与酸涩的绝望共舞

落日，庄严而神圣的王者

照亮收割后的大地，永恒的金黄之下

谁也无法安慰落在大地上的影子

剩下一个沉思者的孤独与她的影子

需要怎样的激情将疲惫的心唤醒

……绝望将至，光秃秃的枝头竖起秋日的寂寥

遍布稻茬的村庄，回忆的故乡

——时间以另外的方式改变着

孤独者的沉思，失败者的绝望

她返回这里，返回秋日带来的宁静与博大

树木刺破天空，审判着我的内心

怯弱，胆小……这么多年，我活在丧失中

理想，梦，青春，激情……它们都走了

剩下的绝望与悲伤，不知道能否走出

八十年代的阴影，童年的船只将开向哪里

——活在某种面具之中，活在挣扎的欲望间

哪里将是我安身立命的地方，多年后

我还在奔波，为了阻止整个世界的沉沦

我们必须走出八十年代留下的阴影

这么多年，无法适应城市带来的烟尘

还没有找到与时代握手的方式

朋友们恍如隔世，我还在愧疚之中

在一首诗中寻找位置，让现实将自身刺疼

她的孤寂来自她还在人群的生活

像一盏灯却照不亮自己的内心

生活蜿蜒如山路，她无法成为蜿蜒的一部分

秋风抖动着多少欲望的皱褶

把自己安置在辽阔的风间，被它的辽阔征服

风翻动着她的记忆，她听见

那些人，那些事，那些消逝的，浮上来的……
（它们走动着），那些悲伤与喜悦，是与非，
理解与误解，风带着寒冷吹着……多少
回忆……凝视着理解的或者不可理喻的
一点一点低下头来，朝黑暗的命运屈服
这么多年，我活在对灵魂的背叛之中，
这么多年，我在沮丧的失败之中挣扎
这么多年，我饱受着工业时代的折磨

要用怎样的措辞来复述我们
爱，或不爱，还有责任，无法审判
内心的背叛者，她有一百个背叛的理由
在这个时代，谁会倾听滔滔宏论
"速成""速度""速达"这么多荒谬的词
泡沫样浮动，没有谁会为缓慢而战
内心装满太多快的词语，它们尖锐，敏感
我们曾想"改变这个村庄"，如今，我们对此
不再关心，我们是谁，我们以为自己是谁
我们无法改变自己：这是时代的悲剧
我们的痛苦——无法适应时代太快的节奏
曾经有过的拯救，爱，生活，真实
这些无足轻重的细节，被时代嘲笑
还要坚持什么？ 我们没有勇气
承认时代带给我们的伤害
所期待的，并非想象中美丽
在无可挽回的失败中，不尽的悲凉上涌

它们像夕阳涌进我的眼眶，理想，激情

正被我们埋藏，也许走得太远，世俗的烟尘

熏得太久……需要一种不可动摇的肯定

风太大，树木与山峰摇晃着

……更多时候，我厌倦人生似戏

被捉弄，涂改。理想落叶纷飞

将大地铺满，飞蛾扑向火中

我们需要活着，爱着，彼此温暖

我们的亲人吹熄黄土里的灯盏

在贫穷的黑暗中失声痛哭，她们还要活着

在城市的角落耻辱地活着，她们太瘦弱

无力改变时代的车轮，她们用微凉的肉体

温暖着孩子和丈夫，宽恕带给她耻辱的

时代，却无法原谅自己——这是怎样的生活

——存在即合理。我们需要

合理的存在，而不是存在就合理，这个问题

一直困扰着我，不断腐蚀着内心

雨滴落在城中贫民的铁皮房……

"去，还是不去"我再一次问

其实我也不知道南方为你准备了什么

失业，愤怒，职业病，伤害，加班

暂住祖国的证明，懊丧，或者沉重的颓唐

失望，挣扎，春运时的黑火车票……

"我们要对世界充满爱与感激"你回答

我诗歌与现实中的愤怒，人生有的

永无解脱的苦难，"我们要活着，要感激"

世界带给我们粮食，水，空气，感激人群
带给我们喜乐哀愁，宽恕世界偶然的错误
多年后，亲爱的，你遗忘了另外一个词
"自由"——多年前，我们为它的争论
辩解和激情，它们都随时间沉沦下去了
但我们必须，还要这个词，它不会随着
一场事件而消失，我们在人群中寻找它

活着又是什么？自由地活着又是什么？
我们无力寻找过去时代或事件的真相
拔苗助长的时代，学会了遗忘
历史，理想……沉重的词已不适于生长
我们接受着生活的嘲弄，黄昏笼罩的屋舍
像搁浅的鱼，落叶的树木似伸展的鱼鳍
在风中拼命地摆动着，开阔的荒静中
风在述说：我们将游向何方
心中的海市蜃楼正被分解，拼接，
必须要承受某种悲剧跟不幸
也许，还要继续下去，光辉与崇高之中
我们还要坚持内心的热爱，不能放弃
活着的尘世，倒塌的乡村，重建某种
逝去的理想，价值。目睹前面的山峰被剐削
树木遭受砍伐，它们站在我们前面颤抖着
满目疮痍而炽烈地摇撼着，我们的心灵
像另一座山，消除原来的高度
欲望将它的傲气扫尽，"我们要重建！"

是的，价值又是什么？什么又将是我们
共同的价值？三叔的女儿在杭州
被拐骗，现在已不知去向。我们的同学
在出卖着肉体，吸食毒品的堂哥……
我们注定无法逃避时代给予我们的责任
这是我们应当承担的，也许我们的行为
还在遭受着现实的嘲笑，愚弄，我们需要
有一种震撼人心的力量诞生，多少年来
朋友们选择了逃避或者离开村庄
在挣扎中接受欲望的沉沦
你我还要守着尚未逝去的光线——
内心默默努力
朝光明的方向奋洄着，我们都是怯懦者
充满了莫名的恐惧，被阴郁的天气
加深内心的伤害。收割后的旷野
阳光照耀我的身体，秋天纯净而空旷
它让出空荡荡的下午，在光线里颤栗的
灰尘与群山，流涌的金色漫遍我们的心灵
鸟只消逝在蔚蓝的天空，干涸的沟渠中
饱含着多少葱绿的记忆，那些永远逝去的传统啊
像这条沟渠一样，光阴肢解着我的生活

我们需要一种什么力量，
在秋日镀满金色的旷野
曾经有过的希望不停地变幻
我们对长空中的鸟只絮絮叨叨地说着

228

"自由"是什么，它梦幻样的脚步
踏着收割后的旷野，它在诗句中振翅追随
在阳光里嬉戏，向晦暗的生活炽燃
无法抵挡住乡村与人群向下沉沦
生活折磨得没有审判的时间
是的，谁又能审判谁呢？我们在主动地
或者被动地成为一个个被审判的人
太多的事情无法改变，但是它还在发生着
我们该继续愤怒，谩骂，还是宽恕，原谅
未来它越走越近，我还无法
确立它的位置，剩下回忆中的童年
不断在黑暗中涌现，我看到自己的一半
已沉沦，一半还在挣扎
像一个深夜的溺水者，抬头看见
命运似星辰布满天空，在现实的沼泽中
越陷越深，需要一种什么力量
光阴不断地迁徙着，我站着没有动
黄昏的光线如同生活的重轭压了过来
我伸长脖子承担着这巨大的沉重

2008

程一身（1971—）

本名肖学周。河南人。著有诗集《北大十四行》《有限事物的无限吸引》；专著《朱光潜诗歌美学引论》《为新诗赋形》；译著《白鹭》《坐在你身边看云》。曾获北京大学第一届"我们"文学奖，第五届中国当代诗歌翻译奖，第五届栗山诗会翻译家奖。

刘四拐子

刘四拐子死于心脏病
当时我远在他乡，听说
病来得很快，她受苦不多
从县医院拉来，埋进了祖坟

刘四拐子没有子女
一对即将回城的知青
生下一个女婴，丢在路上
哭声让她把婴儿抱在怀里

后来她把婴儿养大成人
刘四拐子没有生育
不知她死时是否处女
她丈夫身材魁梧

却无力进入她的身体
五爷结婚那天夜里
她在窗外偷听到天明
然后把他们的私房话

公之于众，并宣称：
"只要还在肖家门里，

我就不会有自己的孩子！"
一天，她把公公的帽子

夹在裤裆里；帽子的主人
是个私塾先生，见此情景
气得嗷嗷乱叫，随后身患重病
气不能出，死于五十五岁

"文革"期间，刘四拐子
从生产队长变成批斗会长
那时白天上工夜里辩论
受批的人被装进麻袋里

她一口气把灯吹灭
朝麻袋里的裆部就是一脚
接着其他人纷纷出手
事后她让人重新点灯

把麻袋里的人放出来
麻袋里的人被打了
却不知道打他的人是谁
当然，除了刘四拐子

乡村风俗：无论男女
死后都由男人安葬。刘四拐子
惩治的男人太多，她预感
这个村庄已无人给她料理后事

而且她没有儿子，事已至此
她宣称："在临死之前，
我会在脚上手上绑满馒头，
让狗把我拉进祖坟！"

二大爷讲到这里突然停顿
这番话令我震惊，不敢相信
此前，我从未听说刘四拐子
这个人；我叫她"四奶奶"

后来知道她的名字"刘来荣"
我还记得和她一起播种的情景
她掘地，我把几粒玉米丢入坑中
她再把铁锨上的土放回原处

这时候，她的外甥儿
坐在地头的凉荫里独自游戏
她关心我的婚事，劝我找对象
身材要高，脾气要好

我没有奶奶，时常感觉
她就是我的奶奶。爷爷下葬那天
我听见四爷哭着喊叫"大哥"
当时我守在坟边的路上

和一位老人坐着乘凉
我向他询问我奶奶的事：

"你奶奶是上吊死的。
当时你叔还小，该上工了，

他总闹着不让你奶奶出门，
结果，你奶奶老是迟到，
被刘四拐子训斥，批斗；
你奶奶脸皮薄，就寻死了。"

上吊的人不能埋入祖坟
我爷爷死后仍是孤魂野鬼
这多少让我明白了刘四拐子
为什么变成了"四奶奶"

"文革"之后，也许她想弥补
疯狂年月里犯下的罪过
逼死了大人，只能善待小孩
尤其是到了晚年，她更渴望

有个儿子。这个最基本的愿望
四爷始终没有让她得到满足
后来她去四川买了个男孩儿
没想到同行的三叔中途走失

从此，二奶奶撵着向她要人
遍寻不见，她只好弃家出走
死后还乡。这一点她未必知道
也许人死之后并不需要故乡

                              2009.9.15

杨炼（1955—）

出生于瑞士，现居柏林与伦敦。中国朦胧诗的代表诗人之
一。1983年以长诗《诺日朗》轰动大陆诗坛，1988年后
环球漂泊，追求建立"诗意的他者"之自觉。2012年获诺
尼诺国际文学奖（Nonino International Literature Prize），
2013年获首届"天铎"长诗奖，2014年获卡普里国际诗歌
奖（The International Capri Prize 2014）。2013年应邀成为
挪威文学暨自由表达学院院士。2008年至2014年任国际笔
会理事。现任汕头大学驻校作家暨讲座教授。

让极端之诗引领我们
——现代汉语史诗丛刊总序兼谈长诗

现代汉语史诗，一个震慑的名字。细思之，又不免疑窦："现代"而"史诗"，前者锁定当下，后者涵括古今，不自相矛盾吗？

矛盾在时间的二元对立，当"现代"被简化为"现在"，"史诗"被局限于"过去"，二者确不兼容。但深入来看，时间也可互相结构成内在的层次："现代"赋予"史诗"个性，"史诗"打开"现代"的纵深。

现代汉语史诗，常呈现为大篇幅的长诗。

长，并非仅关乎篇幅，它基于作品的内在性质。长诗其实更是一种极端的思想形式，挑战着诗人的思想家意义。尤其当我们面对这个现实处境极端逼人、文化系统极端错综、价值判断极端混乱的世界。现代汉语史诗把自身推到"极端"，去应对那些极端。

史诗或长诗，有个先天出发点：它反思、甚至反抗着三千年中文抒情诗传统。汉朝以降，大一统国家观念禁锢独立思考，古典抒情诗的短小、散碎、随时宣泄、浅尝辄止，以形式追求偷换追问力度，以词句精美偷换思想深度，优雅处决了屈原的执着、先秦的个性，特别是后续历代汉语诗人自我更新的能力。现代汉语史诗的本质，一言以蔽之，就是重新激活屈原传统，发出我们自己的天问——社会、文化的深刻动荡，定会激起伟大心灵的回响。反之，身处激变而思想贫弱，注定写什么都是死胎，遑论诗！

现代汉语史诗有三大特征：个人诗学的观念创新；包容时

间的空间结构；大规模的实验性语言。

个人诗学的观念创新：

当代中文语境，是一张收录风暴之海的航图。全球化语境中，我们常说的反思传统、建构自觉，早已不仅仅在谈论中国，而是同时面对着传统与外来一切资源，敞开、归纳、重写它们。处境不可回避，因袭没有希望，面对古今中外错综的"深现实"，个体诗学首先遭遇观念上的焦虑。这也逼使任何一首现代汉语史诗，首先以它的观念创新触目。简单依赖历史题材远远不够。诗人的第一书写，正是他（她）自身的诗歌意识。如何从此刻剥出历史？如何书写历史却凸显自身的感受？如何始终盯视着原诗意义，令诗歌挣脱简单抒情，而深化为一种观念艺术，与当今人类精神危机的深度相配套？诗歌的内心海图，不得不囊括所有风浪。我曾表述："一个当代中国艺术家，必须是一个大思想家，小一点都不行"。

包容时间的空间结构：

汉语文学传统中缺少叙事性史诗。它正借此提示了，史诗性不等于叙述性。不追随线性时间，不等于没有时间。以诗叙史，莫如纳史于诗——不放时间流走，而让它不停流入诗内，层层沉积成那里的深度、质量和重量。这现代汉语史诗的时空观，同时是它的创作哲学。以汉字的空间性为基因，引申出形式的层次设计、结构的空间建筑学、爆炸和掌控形成的整体张力。最终，无论一件作品表面上多么眼花缭乱，都归结于含量的丰富和诗写的纯粹。《离骚》和《神曲》仍是高标，一个语言深处的表述框架，揭示着最根本的诗意。形式主义的苛求，不容一首诗散漫失控。恰如一个人自觉成为历史的载体，人品只能厚重，作品只能深沉。我们的名称可以改写了吧："现代"，应从2300年前的屈原算起；"汉语"，得让但丁、艾略特、庞德、埃利蒂斯入籍；"史诗"，没有时间，却有一个共时深度的新定义。

大规模的实验性语言：

拜当代中国文化无数断层和错位所赐，语言的复杂性和综合的难度，成为现代汉语史诗的美学特征。生活在诗人身边洒满碎片，从贴近血肉的写实到最离奇的超现实、从嗲声嗲气的网络流行语到土生土长的方言、从古代格律经典到荒诞派鬼哭狼嚎……大规模的实验性，先天植入每个诗人开发的语言系统，和用每一行全方位筛选思想资源的过程中。这实验性，不仅朝向未来，也能朝向过去，就"处境"而言，过去和未来本没有区别。解脱了时间束缚（或依托），谁能否认，写出一首够格而新颖的旧体诗，不正是对一位当代诗人的基本要求？"全球意义的中文诗人"，意味着以全球有效性，考察占有中文的深度。诗人超强的吞咽和消化能力，让现代汉语史诗在碎片堆上原创再生，并和中文古典赝品、同时和当代世界泛滥的平庸之作拉开距离。

顺便一提，此类作品中常见使用中外现成的文化符号，但如果谁学舌嚼字，浮泛地图解它们，只能被吞噬得尸骨无存。它们之所以能成为"符号"，正因其完整沉积了深厚的历史人文经验，除了被相同的思想当量激活，它们拒绝被简单利用。所谓"激活经典"，唯一的途径是自己去成为经典。

每首当代中文诗，都是一个"思想—艺术项目"。但，这个项目只能"写"出来，一句句、一节节、一部部，把对人生、传统、语言的真经验，呈现于"写"之内。长诗的大敌是空洞，而思想之空，一定泄露于写作之空。由是，浮泛的高蹈、修辞的游戏，都是危险症候。只需盯视一个句子，倘若它疏松、坍塌了，那再拿题材说事也没用。史诗诗人，既得有铸造青铜重器的膂力，又得有精雕良渚玉琮的细致，我们不得不同时兼"写"不同层次。

当代中国大规模的长诗写作，世所仅见，却并非偶然。它应被视为自先秦以来第二次汉语思想大爆发的产物（其间的佛教传入，虽然激发了汉语诗音律——格律的成熟，可惜付出了思想萎缩的代价）。中外现实、文化深刻冲撞，全球化迫使人类置身于一个现实，让我们明了，种种"全球化"之外，还有一个诗意的全球化。一首首长诗，其实是同一首长诗，它超越语种、国度、文化、地域，拒绝任何对精神的限定，不停拓展着那个"天问传统"。当噩梦激发灵感，困境启迪理解，诗歌就在穿透语言之墙。对当代汉语诗人而言，这不能不说是一种千年机遇。

那么，我们成功了吗？一个反问：所谓"成功"，重要吗？曾有人称现代汉语史诗为"神性写作"，但，真的"神性"，是否很单纯，只在要求一个伟大的个人？我们周围，金钱在喧嚣，利润在膨胀，自私和玩世不恭比毒霾更呛人，当此时也，逆反那一切，把自己活成、写成一个诗意的、主动的他者。用各自的长诗，展示各自极端（甚至异端）的能量，去撞响那只"天铎"，不正是一个人终于成"人"的标志？

让极端之诗引领我们。

杨炼

2016.5.12 初稿

2019.5.4 稍加润色

叙事诗

家 风
——《叙事诗》序

2010年3月，诗人张枣辞世，他早夭的才华令人扼腕，作为这一代中，首位病逝而不曾死于非命者，使他有别于海子、顾城，少了特定的戏剧性，却突显出命运的苍茫无常。我无意加入挽歌合唱，因为我给他的小小挽歌，早在2002年初春就写好了。那首诗题为《洪荒时代》，写于我们邂逅巴黎，彻夜漫步美丽空寂的街头，畅谈家世诗事，次晨登车各奔东西之后。这首诗里，有谶语"写得好就写至阴暗生命的报复"，也不乏赞词"有鹤的家风　就出一张鱼的牌吧"。我自己尤喜后一句。"家风"一词，阔别久矣！我欣赏这词的典型汉语组合，其中二字"家"与"风"，纯然是两个独立意象，并无必然联系，却天衣无缝地合为一个想象空间。配登堂入室之风，是什么"风"？细思之，除人品美德之风外，焉有其他？噫，此风非吾之家传，实传吾家也！由是，此风之起，与青蘋之末无涉，却自血脉之初、家学之远，鼓荡而来，浩浩渺渺，拂入当下。其显形，一见于处世态度，二证之品位高低。所谓高贵高雅（乃至高傲），无关文采修饰，端赖此渊源深远的风骨精神。屈原从"帝高阳之苗裔兮"，歌至他自己的"内美"，正合此意。即或，有形之"鹤的家风"，在二十世纪动荡中屡遭贬低毁灭，我也相信，无形之"鹤的家风"，仍延续在孑然个人的心中，一度形同断绝，只要人在，我们也能重新发明它，犹如从汉字本质中，重新发明整个中文诗学美学传统。读到这首诗，张枣颇兴奋，说："一定好好写首诗和你！"直到他去世后，我才听说他绝命前那些"鹤"诗，个中是否相关？我不知道。但可以肯定，一缕"家风"，是吹到他了。

为《叙事诗》作序而肆言"家风"，似有离题之嫌。碰到较真的，或许还会问，这是否还魂的"出身论"？我得明言，家风确实和一个社会的等级有关，但等级不等于阶级，特别是我们被灌输太久、浑浑噩噩盲目接受的"阶级"理论，以及被铸锁在新种姓制度里，非拼个你死我活不可的"阶级斗争"。传统中国乡绅社会语境中，"家风"与其说基于财产，不如说源于一代代递增深化的教养和修养，也因此，它先天不信任各种暴发户，却宁肯把价值的尺度交给陶渊明、曹雪芹，你说这些穷死的大诗人是什么阶级？一个金钱的下下者，何妨作精神的上上人？渗透自传因素的《叙事诗》里，我爸爸是一个重要人物。有个当年发生在他身上的故事：我爸爸出身富有，家里拥有吉祥戏院等产业，他由迷昆曲而转向西方古典音乐，到大学毕业时，已对西方经典音乐作品耳熟能详。四九年后出任驻瑞士外交官的六年，更让他用欧洲生活文化，印证了音乐中浸染的人性之美。但"文革"开始，贝多芬被当作"资产阶级文化的代表"痛加批判。我爸爸面临一个痛苦的抉择：作为资深革命者，他应该绝对相信组织；但作为人，他又能清清楚楚感受到，那音乐中充满了爱和美。于是，究竟应当服从谁？这个今天简单得不像问题的问题，当时却不可思议的沉重。倘若肯定自己的感觉，那又该如何判断当初背叛自己家庭、半生奋斗的道路、和被美妙许诺的未来？所幸的是，他毕竟是我父亲，虽然内心折磨，但他终于选择了美。他认定，美没有错，错的是批判者。很久以后，当我听到这件事，才懂得了，尽管窗外充斥着急风暴雨，但我家的小气候何以能保持人性和爱，并让我相对心智健全地长大？我敬佩的，不是他认定贝多芬，而是这"认定"本身体现了一种从人性出发，重新审视历史的力量。因此，我心服口服地在《叙事诗》(《故乡哀歌》)中写道："绕过星空　朝父亲漫步／还原为寓意本身。"

《叙事诗》的写作，从2005到2009历时四年多。这是迄今为止，我思想上、诗学上的集大成之作。某种意义上，它把我此前的全部作品，变成了一种初稿，一个进化过程。我指的是，由长诗《‖》归纳的"中国手稿"阶段，由组诗《大海停止之处》代表的"南太平洋手稿"阶段，和由长诗《同心圆》开始的"欧洲手稿"阶段，以及这些大作品之间，被我称为一个个"思想—艺术项目"的单独诗集。和以前的作品相比，《叙事诗》的难度，在于最具独创性的诗，又必须经受最普遍的公共历史经验的检验。叙一人一家之事，而穿透这个"命运之点"，涵括二十世纪中国复杂的现实、文化以至文学沧桑。概括成两句话就是：大历史如何缠结个人命运；个人内心又如何构成历史的深度。当每个人都是历史的隐喻，这首"诗"指向的，就是"叙"人类根本处境之"事"。因此，标题《叙事诗》，全然是个思想指向。它的结构中，又隐然渗透着"家风"的传承：当我构思《叙事诗》时，偶然听到英国现代作曲家本杰明·布列顿的三首大提琴组曲，其幽深迂回、一唱三叹，虽然音色现代，但在精神底蕴上，直追德国作曲家巴赫著名的六首大提琴组曲。事后才知道，布列顿这些作品，当年正是为应和巴赫而作。二十世纪最伟大的大提琴演奏家巴勃罗·卡萨尔斯，据说曾演练这六首巴赫组曲十二年之久，一旦演出，早已枯藤倒挂、铅华褪尽，那种深不可测，岂止令人喜爱！直是逼人胆寒！我爸爸自五十年代初，已全心倾慕卡萨尔斯的演奏，尤其百听不厌他的巴赫大提琴组曲。但或许他出于谨慎、或许他自己也不知道其人的另一壮举：从1937年到1955年，为抗议西班牙佛朗哥的独裁统治，卡萨尔斯拒绝到任何纳粹、独裁或"观点不清"的国家演出。就是说，在这部分世界上，他整整沉默了十八年。这最深的沉默，是否让世界听到了另一种更震撼人心的音乐？因此，1955年5月15日，当卡萨尔斯在全球音乐家的吁请下，在他流亡的法国南方小城普拉达"卡萨尔斯国际音乐节"上，重新演奏巴赫大提琴组曲。聆听他与音乐融为一体的发自肺腑的呻吟慨叹，人类怎能不为之战栗？我十年前曾专程赴普拉达拜谒卡氏遗迹，小小的博物馆里，目睹他的圆眼镜、大提琴、石膏手模、用旧的旅行箱，特别是乐谱上细细研究每一小节的笔迹，我感到他、我父亲、我自己，哪有区别？古今中外艺术家的宿命精灵，哪有区别？这才是我们浑然如一的"家风"，如今，又叠加进布列顿和从他获得灵感的《叙事诗》，这全书三部，倘若真得神助，能穿透时空，抵达那些"鬼魂作曲家"

云端的听觉，该多好。

　　我曾把不同类型的诗，戏分为"镇国之宝"和"玩意儿"。简言之，当代中文诗，必在观念上大处着眼、技巧上小处着手。有大没小，则流于空疏；有小无大，则失之浅狭。"镇国之宝"，譬如青铜重器，须倾毕生举国之力熔铸而成，供奉神祖为其用，与馋嘴小儿口腹之欲无涉。证诸文学，《天问》《离骚》《史记》《红楼梦》是也。虽太白璀璨、少陵沉郁、义山精雅、后主凄艳，不可比肩，盖因根本境界尚有不足。而当代中国，语言、现实、文化层层错位，每个有抱负的诗人，必须是思想者，除了"发出自己的天问"，别无他途。就是说，今天的中文诗，要么就是思想深刻到位的作品，要么就什么都不是。这儿，连成为"玩意儿"的机会都没有，因为无论语言还是感觉，都是中外别人玩过的。我还有一命题，曰"做一个主动的他者"。是的，不仅有可见的外来"他者"，更有隐身的内在"他者"：我们一厢情愿以为能直线相连的中国古典，其实早已弃吾而去（更准确地说，被五四以来中国盛产的"文化虚无主义者"所摒弃）。我们的语言，在古汉语美学的字和外来概念的词之间分裂；我们的思维，在中、西生硬错位的语法关系间撕扯；我们的观念，常沦为一大堆摸不到感觉也不知其含义的空洞辞藻。二十世纪的中国，文化提问无比深刻，可我们据以应对那提问的，却是一片触目的空白！这厄运也并非中国独有，冷战之后、"九一一"之后，世界同样面临困惑：没有了不同社会理想之争，却更显出"大一统"的自私、玩世硬通货畅通无阻，"人"意义何在？"文学"意义何在？此刻每个人彻底孤独，举目四望，都在重重他者之间。这绝境正是唯一的真实。它很清楚地告诉我们，不要奢望可以轻易模拟或复制任何现成的答案。我们唯一的出路，是破釜沉舟，变被动为主动，拉开审视的距离，由反思而自觉。自八十年代初，我们就谈论"人的自觉"和"诗的自觉"。如今，诗没离开提问者（天问者！）的位置，是世界转变成深深的自我怀疑，来印证诗思。我能感到，比经济危机深刻得多的人类思想危机，在渴求诗歌杰作。熔铸"镇国之宝"，当此时也。这，正是当代中文诗最根本的诗意。

《叙事诗》是一首长诗。它和我此前的两部长诗《￼》与《同心圆》潜在关联，构成了一种正、反、合的关系。确切地说，中国—外国—中外合一。《￼》植根于《易经》象征体系，又敞开于当代中国经验，以七种不同形式的诗、三种不同风格的散文，完成了一场大规模语言试验。诗歌一如诗人自己，"以死亡的形式诞生才真的诞生"。《同心圆》以漂泊经验为底蕴，横跨中外文化，用一个贯穿的空间意识，组合起五个层层漾开（层层深化？）的同心圆，那个结构，与其说是诗学的，毋宁说更是哲学的，它把时间纳入空间，把自我置于圆心处提问者的位置，最终，思想同心圆取代了线性的进化论，建立起"再被古老的背叛所感动"的思维模式。当代中文的独特语境，使我们的作品必然兼具两大特点：观念性和实验性。即使仅仅写一行诗，我们也得重组古今中外的所有资源。没有这个潜在的大海，漂浮在白纸上的句子就不配称为"诗"。同理，长诗不仅意味着长度。"长"，必须吻合于"深"，又因为要表达那"深"，而非创"新"不可。因此，我读一首长诗，首先希望读到作者臻于完整的人生经验，其次，从中提炼哲学诗学思想的能力，最后才是这件作品的完成度。不得不承认，深度就是难度。在急功近利的当下中国，诗人要么滞留于长满老年斑的"青春期"，没完没了重复原始发泄，要么浅尝辄止，在批发的写作数量和贫瘠的诗歌质量间，表现出吓人的反差。但其实，玩"先锋"不难，而成为有后劲发展出不同写作阶段的"后锋"很难。诗是"欲速则不达"的最佳注解。我写《♈》用了五年，《同心圆》四年，现在《叙事诗》又是四年多。三部长诗，十三年以上的生命心血，一种刻意的慢，回顾中才见出航速，结果反而快了。回到我爸爸的人生名言，凡事第一须"自得其乐"，第二须"慢慢来"。这两句话也堪称最佳"写作学"。写即悟道、即修炼，原非人造诗，从来诗造人。诗之文火，幽幽远远，"炼"出诗人真身。

我从来没为自己的诗作写过序，原因之一是不希望助长读者的懒惰。他们应当从一行行诗句中读出诗人的苦心。但这次，我为《叙事诗》破了例，因为"家风"主题，既来自又超出此诗。《叙事诗》希冀传承的，乃是绵延三千余年的中文诗歌精美传统之风。因此，《叙事诗》的真正抱负，不能只停留在"为什么"写，它必须落实为"如何写"这个作品上。用我阅读别人作品的尺度，就是第一看完整的人生经验，第二看提炼思想的能力，而最终看如何呈现为作品。我给这部长诗定的标准，一言以蔽之，是极端"形式主义的"。全书的整体音乐构思、三部分之间的节奏对比、每部标题中点明的时间意识、每部专门设计的结构、每首诗独特的韵律（包括刻意的无韵体），以及不同意象的活力，等等，基于诗意的深化推进，而"持续地赋予形式"。形式就是思想。当代中文诗必须抛弃粗劣而重获精雅，植根个人又与古典神似。我希望，通过这部独创的作品，能一圆折磨新诗近一百年的"新古典"之梦。同时，也请读者注意，这些诗句间"家风"劲吹。第一部"照相册"，从我诞生第一天的照片始，到我母亲剪贴完照相册、次日清晨猝然去世止，把一个回顾中几乎非现实的童年，用一个个日期牢牢锁定。第二部"水薄荷哀歌"，用五首哀歌，梳理贯穿我个人沧桑的五大主题：现实、爱情、历史、故乡、诗歌，直到时间幻象被剥去，人类不变的处境展示无遗。第三部"哲人之墟"，那"墟"在哪里？除了我们耽于深思的内心，它能在哪里？历史无所谓悲喜，它仅仅归结于此。"两次来到／洗劫后的洁净　月光的幽咽／缕缕幽香　让你听你在逍遥"。没错，倘若你嗅觉灵敏，这风就有老庄味儿，有佛祖味儿，有苏格拉底味儿，它掠过无数"思想面具"，粼粼拂动我手中"月色和这首诗两个表面"，把一个人的"空书"，变成"火中满溢之书"。

　　……

　　树欲静而不能静，该抱怨自己定力不够。而家风不可止。我信，它永不休止。

2010.10.11 伦敦改定

第一部
照相册：有时间的梦

（不太快的快板）

照相册之一：
1955.2.22—1955.5.4
瑞士，伯尔尼。

诗章之一：鬼魂作曲家

　　　　　这看不见的　鬼魂写下的结构
搭建一座红色演奏厅
子宫中小嘴抿着鲜红的淤泥
蛆虫似的五指　拱出就抓着母亲
抓紧一页热烘烘的乐谱
珍珠白的黏液涂满一把大提琴
猛地拉响　胎儿都挂在音符上

　　　　　聆听　起点上沉溺的结构

胎儿就是音符　一粒腥香的珠子
没分裂出四肢已被钉牢了
刚在卵里动　已摇碎一片铃声了
乐曲吐出浸透蔚蓝油彩的枝头

闭上眼听鸟鸣串成虚线

绿叶　用舌尖舔进一条弓弦的老

拈着鬼魂储存的皱纹花

一把大提琴像枚干贝壳呼应大海的浩瀚

一次倒空一千次倒叙中的呜咽

闭上眼　精液化开黑暗

　　　　　　　网尽银亮亮的鱼群

小耳朵里肉还在流　流入一种思想

小鬼魂忘情哼唱　世界忘情逗留

在血红的元素里

这是五月　风中满是啼哭

一把老教堂祭坛前空荡荡的木椅子

回顾着　等着他到来

"第一天"

山上的雪　溶解在阳光里

也刚刚滑出一条隧道

这小兽　侧着睡

一场哭过的风暴

填满枕头上香喷喷的凹陷

嫩如菌丝的黑发咸而潮

缩进白线套的指爪　微微颤
一场海啸托起水手的小床
又一个人质抵押给家园

山上的雪　平行于桅杆上的眺望
他加入厌倦的无尽的人形
返回　意味着亲吻下一道波浪

一张照片停住窗外针叶林的青葱
黎明按下快门的一刹那
他爱上自己不在的梦中梦

被软的礁石撞碎　而抵达
黑的无知　白的无知
苦的松香　记得树干上狠狠地摩擦

"第十天"

市场上扑面砸来的雪亮　太熟悉
当车门的自动锁咔嗒轻响
他的眼睛三十年后依然紧闭

寒意把生命磨快　这束光
金黄　奶味儿　远离象征
被护士的手拢在床边上

海豹的小鼻孔耸在被单的海浪中
天竺葵和柠檬　三十年后答案妖艳
当初却是疑问　用缝合眼皮的疼

把第十天的世界缝在外面
第十次扣着扳机的光已是谚语
他被射中　追赶一道来复线

至死延长的　自天空雪崩的性质
枕着雪水思维的双脚
隶属一个金黄奶味儿的地理

叠印在心里　跨出车门就踩到
果肉突然惊醒的酸涩的颗粒
他以光速隐在瞎了的鹅卵石间闪耀

母亲的手迹

她的手抚摸　死后还抚摸
深海里一枝枝白珊瑚
被层层动荡的蓝折射

冷如精选的字　给儿子写第一封家书
亲笔的　声声耳语中海水冲刷
海流翻阅一张小脸的插图

跟随笔画　一页页长大
一滴血被称为爱　从开端起
就稔熟每天黏稠一点的语法

儿子的回信只能逆着时间投递
儿子的目光修改阅读的方向
读到　一场病抖着捧不住一个字

她的手断了　她的海悬在纸上
隔开一寸远　墨迹的蓝更耀眼
体温凝进这个没有风能翻动的地方

珊瑚灯　衬着血丝编织的傍晚
淡淡照出一首诗分娩的时刻
当所有语言响应一句梗在心里的遗言

"满月"

第一个月的圆圆杯口里还将斟进
多少个月　那孩子才静静躺在水底
成为远眺的清晨的一部分

早醒了　小小的蛙类或剑鱼
张着五指间的蹼　眼珠闪闪游向
窗口　水族馆明媚恐怖的玻璃

第一个月的云　腹部有鳞熠熠发亮
第一个春天俯身痒痒亲着他的脸
鸟鸣用彩绘的尾巴拖着小床

还不知有个过去呢　不知血腥的循环
弹奏在睫毛上　没有人的黎明
每个细胞都是艘偏离航线的船

交给一次触礁的激情
那孩子的乖　耗尽了未来的缄默
拨着秒针的阳光亮度中

已懂得最深的哭不必说
襁褓盛着一个月长大一岁的小海豚
眼里满含惊异　轻轻溅落进漩涡

"五十天"

大海像母亲滞留于别处的身体
她仅剩的一双手　切除到照片上
睡衣的波纹一条蓝一条绿

袖子高高挽着　温润的光
抱起他　满溢香皂味儿的海岸
告诉他毕生得枕着海风的臂膀

毕生湿淋淋从洗澡盆向上看
小小的裸体攀登一条被包扎的脐带
小小的茎　用水声的易逝的方言

和母亲继续交谈　她的不在
剪断了　漂白了　注射进儿子时
明艳如鸥迹无所不在

甚至大海也会死　就像词
死了　才捞起他　皮肤贴着梦游
一只洗澡盆中一场迷失练习

拉住一双嵌进小小腋窝的手
换成大海的也被认出　儿子体重里
躺入母亲的碎　他　忍住这享受

"七十天——五月四日"

野鸭子揣着一根宝石蓝的羽毛
在他雪白衣襟的小湖里游
弯成两个时刻的眼眉　泼出笑

候鸟被一块植入头脑的磁石引诱
飞啊　两个日期间的意义
烫伤一双手　令字体更娟秀

发育成小广场上水灵灵的鹅卵石
颠着婴儿车　和俯身好奇的太阳
雪山像一支烟袅袅燃起

诀别水灵灵的　竹林托着的雨香
洇开万里外　他倒映的水声幽闭症
第一天已铸成挣扎不出的疯狂

野鸭的翡翠脖子在背上滚动
一根海岸的轴旋拧三百六十度
他缝合的玩具童年　只留下针孔

他赝品似的今天　云的软体动物
缕缕爬过山脊　活着的征兆
嘎　嘎　野鸭橘红的舌尖正在表述

照相册之二：

1955.7.23—1974.4

中国，北京。

诗章之二：鬼魂作曲家

　　　　　这逐一递增的阴影的结构
逐一消失　当照相册移向一个傍晚

255

　　　　　这大提琴兀自鸣响
应和鬼魂持续的　低音的沉思

黄昏的光组成纹丝不动的音节
抚摸静听的脸　镶进一张张旧照的
回旋加深的暮色　准备好给一夜收藏的
紫丁香　细数芳香的时间

奔跑的孩子限定他笔直冲入的每一天

这页乐谱上　睡眠呢喃归来
轻吻印在眼皮上也像一种演奏
走过肉里花簇粉红的林荫道也是演奏
整个留在别处的春天　被照片夹满书签
忘了对谁发出微笑　远远问谁在笑

这页乐谱上　回声翻阅着
　　　　　　一个把大海变没的结构

消失进酷似一扇玫瑰窗的天空里去
鬼魂的倾诉以孩子为刻度
想象粉碎寂静的　推着海底的岩石
想象被寂静粉碎的　撕碎丝质的蝴蝶
平铺纸页间一轮绚丽的落月
想象　饱蘸灰烬的笔尖沙沙书写
一场风暴逼入历史的休止符

琴弓拉过　光迸溅

递增没有的现在那无始无终的现在
粉碎之后的寂静

童年地理学

录进雪白墙壁的笑声　播放给谁听
高大明净的玻璃窗　留给哪阵风
别处的夏季远至另一种鸟鸣
阳台的站台　擦拭得海拔亮晶晶
回头　才看见喷水池和小沙坑
都上紧发条　秋千荡向出生的梦
梦见他盛在手提篮子里启程
像丢了　彩色的皮球拍进云层

落下时　绿荫的耳膜上粘满了蝉
吓人的爆发把更吓人的茫然
堆到他脸上　照片攥紧这瞬间
一种空空的凝视像突然瞥见
土地的敌意也已半岁　抓住这双眼
他不懂的血缘拉开铁路的拉链
把隧道那头的房子推得更远
他不懂的距离　刚刚起源

唉　换韵把镜片后结冰的德语

变成京剧中烫人的大红大绿

换了　胶纸背后渗出棕黄的影子

他发愣　犹豫　而母亲的剪辑

演奏大半生才微微显出深意

还在继续安顿他　还用手遮着隐没的

门牌　唉　母亲 ……

王府井——颐和园

一阵风就吹裂春水　哪怕它绿遍千载

投井妃子的一颗颗珠宝嵌着媚态

漂流的湖面上　毒酒又斟满了玉杯

皇帝被一扇比丝还软的虚词屏风隔开

囚死之美太优雅　太贵　太颓废

公子哥儿用一个手势输给奴才

泥地上跪出的小坑渗漏嫩嫩的膝盖

风声依次把一盏盏宫灯掐灭

从东华门出去　梅兰芳窈窕的尾音

甩着他　前朝的海棠花和柏树林

沿着红砖墙的平行线为倾圮押韵

按下快门就是世纪　照片上的鬼魂

眨眼　吸走浸湿每个光圈的阴

历史的导游图错开一步　淫艳如内心

倒扣一只乌鸦抵消的不真实的人群

从神武门出去　小贩叫卖着黄昏

一只金丝雀藏在体内的音叉　惊动
湖岸的曲线　荷花的睡意　知春亭
换一艘炮舰（谁写的？）　该庆幸风铃
航程更远　垂柳的弦乐拂去海浪的冷
太后　办了敢阻挡玉如意的　倘若可能
也在子宫里办了他　罚那假象牙的天空
隐身的鸟爪在灰蒙蒙水面上邀请
他的柳絮迎向另一个时间　疾掠匆匆

二姨的肖像

西北风拧紧窗户上一千朵冰花
窗帘还黑着　雪的黑沙子响在她脚下
四合院的五点钟　黎明是一幅石板画
细部一　一侧发亮的手指得得叩打
男孩子粘着梦的玻璃映出一头白发
细部二　烤得热乎乎的馒头包进手帕
热热的目光送他上学　咳嗽声篦着朝霞
细部三　遗容似的天空靛青如一块蜡

记忆　再多笔触也画不出一幅肖像
只记得她骨灰盒移走的那天　房间多空旷
真走了　一个咽下矮矮身影的远方
哭喊不能　而一卷手抄的诗能追上
拽着那衣襟像拽着一锅荷叶粥的清香
墓穴下　字的调皮鬼紧挤在她身旁

还要跟她睡　当他又故意把儿子笑嚷
成"蛾子"　一滴泪烫着黑暗　嗤嗤响

伟人们相信青铜像　她的伟绩却是一条线
划定在他眼里　小胡同追着时代更换
坡度　而拆开的旧毛裤在她织针间
加热　善良竟如此简单如此难
像个重负得忍着　一件老羊皮袄的蓝布面
忍住更多早晨　他醒来仍捧着那张脸
从自己海底捞起　被洗净的贝壳缀满
一只古朴的石锚稳稳系着他的船

不一样的土地

一个人必须习惯死亡的念头
五十岁　厌倦从一群绿头鸭的颤抖
传染到水珠里　滴滴亮晶晶的油
涂抹母亲枯木色的掰不开的手
他被铆住　按向黄白多皱的井口
看　童年的狗尾草狂奔着渐渐生锈
尖声唱的河面被月光的倒钩
提着　一串青蛙腿剥皮后的肉

鲜活如菜谱中炖了千年的美味
磨秃一把把勺子　火炉旁躬下的背
保姆们的慈祥在树梢血脉里轮回

围裙飘飘围护一簇桃花安睡

而坟头压着的纸片和一块小石碑

被一场雨漂白　洁净的子宫没有字

却和地平线教给他一样多　蓄着水

二胡声高涨成孩子漆黑的水位

周年　注射进一只苹果

考古学的黄色掌心板结在此刻

他回顾中总有西山淡紫色的轮廓

膝盖上一只小黑狗信赖的眼珠盯着

自己被吃掉　馋人的肉香像在说

没有过去　才更新每一岁的化学

跟上雾中土粒中越搂越紧的死者

习惯　直到迷上　一种最耐咀嚼的苦涩

姐姐

你后院里盛开的牡丹也系在一只蜘蛛

闪闪的丝线上　花瓣年年的尸骨

一次次粉碎于一个鲜艳的刻度

他的花棉袄是你穿旧的　紫竹院的小湖

停进春雨　你春水似的胳膊搂住

弟弟　莲叶间孤零零的亭子在驶出

他偷听到候鸟的小心房里血流多急速

紧贴身边　世界一如轻信的少女

你脸颊上粉红的蝴蝶也会唱

一首黑歌曲 被撕碎也有初恋的疯狂

一辆自行车飞驰进十六岁 你翱翔

历史骑着青春期的风力伸张翅膀

鼻息一层层磨损天空时那么烫

历史 叹息得像排黑土地上蹒跚的白杨

被死者肥沃 告诉你 哪片绿叫远方

哪儿是天边 被暴风雪锁在你脚上

躲着的回忆录干呕一口口墨汁

蜘蛛毛茸茸的指爪钩在胃里

一盆水仙花旁弟弟傻笑像个聋子

妈妈却听懂了 电报断断续续的口吃

血缘般刺耳 颤颤的网上残骸多精致

你为那些你发育成不哭叫的故事

鬼魂的盲文缀满牡丹重叠的肉色

当所有噩梦 连这几行 不小心都是史诗

"一九五七年初春"

谁猜到 这一年已包括了许多年

水声响在皮肤下 水做的牌坊那边

冬天跺着脚 而一辆儿童车推进春天

一只温度计向下拉枝杈枯黄的花园

空气中拧紧的咸味儿 渗漏成照片

的灰 一簇等在南方的花蕾远隔时间

母亲亲手布置好一个吻聚焦的严寒
他被放在这里　眼神蛰疼地平线

水写的一行小字　被擦掉才完成那宿命
水看不见地继续剪辑冻红的鼻孔
风搜索某女孩正被分娩的血腥
一块绿琥珀挂在一丝飘来的啼哭中
两个零下两次嵌进西山的锯齿形
将锯疼同一片紫色　用回头看的眼睛
母亲亲手布置好花园里悬挂的一秒钟
还没到来就过了　这约会的空

自始就在玩小小乳名里的不完美
这一年植入许多年　这干透的水池
被一个对水声的想象慢慢搓碎
他坐着的岸延长　他奔跑的小腿
奔入木本的处境　钉死在抽芽的刺痛内
肉的粉红色运载一枚石质的蕊
母亲亲手布置好鸟儿笔直掷来的手雷
眼睛里的融雪　突然原谅了无知

"虎子"

你缩进角落一声声呕着叫
呕　血味儿的委屈　血淋淋撒娇
像个语言循着太空中幽暗的轨道

固定孩子眼里夺命的最后一跳
一堵破砖墙上食肉的刃立着切削
受宠的一生　乱石的流星雨乱扔下问号
两束鳄鱼绿的目光加九条命　你能逃
到哪儿　一件鼠类的血衣已织好

今夜　张挂到你猩红的身体里
一张猩红的小嘴翻开一部传记
让一团小肉舔着奶　一根舌头满是刺
每天早晨蹲上枕头痒痒舔醒孩子
一只虎酷爱虐待自己的龙凤尾
你的野　无愧春夜的朕　呼喝成群妻妾
你的愚蠢是非把一个热被窝钻到底
信任的鼻尖沁凉像个生僻的词

蒸发到国家里　焚烧押着韵
……
他的手也背叛了　你被抱出门的一瞬
眼神是人的　眼底有个模糊的母亲
早早咬断脐带　丢下一小撮灰烬
一次捣毁终于抵达驯练成熟的残忍
骸骨上　风拨动枯干的毛　阴魂
保持报复性的弱　针尖一样细细呻吟

水中天

水是假的　天空也是　这彩绘
比皮肤还薄　画上就等着被撕毁
搬空的房间里有他回声似的十五岁
一捆书　死死包扎一场假寐
一张拆掉的床像不知道归期的杜子美
再不猜测归期　倒映的云暗黄浅黑
拧出淋漓的历史　他听见池塘的嘴
说　家是假的　一根手指就搅碎

爸爸的颜色　呛死窗户的革命
把一只铜制的高音松鼠拴在五点钟
歌唱　姑妈上吊的脸俯向他晃动
像砍倒的西府海棠　只许水下的风
嗅她枝头的幽香　深深藏进距离中
姐姐是一只雁　返回的羽翎
触着水面被取消的方向　梦
见　二姨悄悄抽泣　弟弟傻呆呆发愣

十五岁　水中的家用尽了时间
他的天空什么是谎言　什么不是谎言
学会潜泳的呼吸本身已是条弃船
用�喹摔死的门　锁住留下来的黑暗
所有日子的假留在他回不去的那天
不可能更真了　黄昏被水底俯瞰

不可能没有海风的内心　冷而艳
海鸥叫着　他的残余抵押给了盐

照相册之三：
1974.5.4—1976.1.7
中国，北京。

诗章之三：鬼魂作曲家

        这一次性归纳烫伤的结构
          不像空间　而像空聚精会神
手指揉弄　大海的磷光刮疼脸颊
一场奔流奔赴乌有的流向

        这鬼魂摸黑编织的结构
停在它自己的无限里
音符高擎一朵朵荷花

在他体内看不见的太空中爆开焰火
在五月娇艳的石拱顶下
一个老人的骨骼是一把木椅子
吱嘎作响　靠着墙
抱紧孩子们稚嫩的一刹那

五月　胎盘里遍布雨声

266

为每只耳朵把孤独再发明 一次

把一朵郁金香鼓胀的乳头再吮一下
他见惯的垂死 让眼眶更娇嫩
他被过滤的血肉淹没了春色
斟入大提琴婉转的腰身
吱嘎作响

        空　拨动
房间里一只阳光的节拍器
哼声总是最后一次　遗言摩擦
历史呛进一具躯体总在自己那次
鬼魂的指尖熔化滴落
一小节一小节山河搁在聋哑的位置上
        归纳精美的　非人的仪式
一枝羽毛笔永不谢幕
写下无处去进一步流失
唱啊　世界就学会这样存在

黄土南店，一九七四年五月四日

老白马的腰扭得好看　每一颠
扑鼻一股膻味儿　马车擦过麦田
甚至没惊动刚没膝的绿色
五月　阳光和土都很慢

慢慢拆散一条路泛白的语法
记忆一碰就变大　布谷鸟点播着片段
老白马知道那村子也是倒退的影子
隔着一道道吃力碾磨的坎

路边的白杨树也在慢吞吞倒叙
水沟　坟头　土坯墙像卷旧影片
放映在眼神里　眼皮渗出日子的黄
西山昏睡成一列嵌着锦葵的宅院

那儿有扇木门　像棵活的栗子树
攥紧小青果似的手　受惊的嫩和软
那儿时间在叶子们的鱼群里垂钓
血咬了钩　最古老的哲学仍是一声长叹

母亲送别时转身擦掉的泪
也是影子　从记忆再错位一点
一头瞎了的老牲口就踅入春天的缝隙
他到了　村名的绿锈爬满一张脸

一间喃喃毁灭箴言的小屋

柳树歪着脖子沉思一座池塘
泡着的死猫也像植物　种下就膨胀
四季咸腥的丰收　嗅着一间小屋
灌满水　缩得更小　在倒映出的方向

摸到一些嘴唇　潜伏在油漆里
淤血的蓝色吻着就像锁着那门窗
三年了　他听着咽喉下刹住的呼救
托起地面　砖头渗出尸骨的阴凉

摸到一个集体的　暴死的时间
不会结束的时间　那雨声踩在瓦上
雨滴的银指头整夜测试一把镰刀的刃
再割下早晨时　青草放肆的香

领着他　跟踪鬼魂也有过的初恋
总在喃喃自语　要坐进被掐灭的烛光
总能漏下更深　一声西北风的口哨
吹着完成不了的迁入　去想象

距离是用田野编织的　人形的
目光从回顾叠压进回顾　没有墙
没有间隔　薄冰咔咔碎　泥泞的燕子
被拴在地下几米　他死死攥着重量

绿色和栅栏

田垄是金属的　而他们佝偻的姿势
被铸着　泥土的柔韧像一种鼓励
他们的裸背贴近玉米刀形的叶子
肋骨也每年一度油亮亮的绿

像一组埋进肉里的　不会弄错的号码
一个酸涩的血型押送着麦粒
返回每年清明灌浆的　被征集的颜色
遍地拔节的声音朗读着刑期

也有田园的风味　渴的风味
命令井向一个零深处不停陷进去
他们蹲在井台上的茫然　镶着田鼠
和鹌鹑　一首地平线一样近乎色盲的诗

他们看不见子宫的咒语
仍在收缩　一排绿色栅栏锁着呼吸
延伸到天边　分蘖的晚霞仍黝黑
而无辞　活　监禁在一次静静的咀嚼里

端着的粗瓷碗　平衡上了妆的岁月
什么也不意味　连绿色的填空游戏
也不意味　揩着啐到脸上的一声喝斥
他们细细揩净一张犁

饥饿再教育

风只朝一个方向吹　把他吹弯了
风声加剧那种空　锤子凿刻
到胃里的空　夜的流体
物质肆虐的水银色

270

观音土和榆树皮的传统在上课
他的教科书　舔着被钩住的上颚
学习对一只麻雀无限的色情
喉头抽搐　羽毛包裹的一股肉味混合

妄想的味儿　天敌醒在他内部
秒针挑着暴风雨　器官们的自我
否认他的自我　马须草　槐花　水葫芦
两把野菜间碧绿的比较消化学

呕出一场说谎的酸液的洪水
擦得雪亮的灶台令孩子眼巴巴望着
刨不出月色的土地像笔糊涂债被欠着
一只回声叮当的铝饭盒

像位失去祭祀的神　罚他专注
这事实　这一阵肠子空转的折磨
他沿着累坏了的白薯藤追上
被开除的　啃食着冷冷曙光的生活

遗失的笔记本

那些纸是漆黑海水中不反光的鳞
粘在不反光的鱼脊上慢悠悠下沉
那张塑料脸颊溢出一首诗幼稚的香
越不会写的手越摸到一种深

271

还拉着一盏小灯　穿过满村狗吠
还守着田野的绿意　押错午夜的韵
一粒琥珀小小的恋情还向一次遗失
成熟　词句的听觉热热封存

隔壁那声轻轻的带鼻音的咳嗽
指尖敲叩密码　窗棂间月色被刷新
等在一行白杨喧哗的针脚中　缝死了
回家梦　一朵肯定距离的云

在张贴他自己的　生疏的笔迹
那篇慢悠悠斜插入命运的盲文
让女孩毕生折射成水波　一页页颤抖
翻阅到底才剥出女人

有种和他同样的　不在的风度
有次未竟的沉没　母亲擒获的
敲门声也丢了　凭惊人递增的无色
遗失到血里的字终于可信

水渠

村子也漂走了　薄如水彩的倒影
游过　黄昏的丝光憋死一种空
只有他能看见　用三十年后
一双潜回水底的眼睛

看着对土地的爱找到一个人形
看着那人远远走过 镜头里汩汩水声
拍摄十九岁清澈流淌的主题
赤脚上芬芳隐喻似的泥泞

记住一抹精雕细刻的湿
村子让穿着绿色水草的力挥动
他慢慢懂 七幅地 九江口 场院南
那人的绚丽分给珠串般的地名

一粒粒消失 乳头被吮过的娇艳
在水面折断 只有他看见河水多透明
一座十九岁架起的绞盘 绞至
旧照片怀抱的双重不在的冷

鸟儿探监似的盘旋在头上
心里流走越多世界 水渠的色情
越宁静 延伸一个梦的简单形象
三十年后缺口溃决 一声鸟鸣

一张畏惧寒冷的狗皮

一张畏惧寒冷的狗皮 久久
忍着钉子 墙在走 灰尘在走
你小心掩埋的死后也没有主人
雪在走 雪上结了硬壳的月光在走

他穿过入夜的田野　回来看
时间也不要的　一只碎玻璃窗的漏斗
漏下不变的　你的欢快发射到村边
又疯进屋里　尾巴的旗语挥舞

受宠的音乐　湿热的鼻孔喷着
搁上总有一本书摊开的膝头
母亲的信和一双盯紧他脸庞的眼睛
是仅有的烛火　刻进劳累的梦呓的宇宙

但小小的恒温已经在说谎
你奔跑　叼着谋杀者垂涎的肉
四条黑丝绒的小腿苦苦等到了
一个剖开成平面的　丢尽血味的深度

展览墙上一块灰尘勒边的白
畏惧了自己能被借用和剥下的天性
他听见那呼救　渗出空房间的空
雪上满是牙印　你不放弃的疼在复仇

诗学

飘雪的日子最像一页诗稿
每个字是只小动物　玲珑的触角
没用过就钝了　一下午的心渐渐揉皱
渐渐濡湿成泥土　那所灰暗的学校

拉响蚯蚓们柔韧悠长的上课铃
青蛙勤奋掘进着冬眠的甬道
田鼠的眼珠　一对囤积星空知识的小贼
扮演老师监视麦粒中作弊的分秒

冒着严寒　尖尖的乳房也不忘灌浆
女孩如一朵等在羞涩里的棉桃
西北风记住所有约会　当冻红的手指
碰着手指　他那滴酒斟出一件古陶

他向大地学习细小的事情
细小的联系　心动一刹那唤回一只鸟
狗儿炖熟的泪水循环到他眼里
情人的身体香　像某种哭叫

心只动了一下　揪着卧在天边的山
暮色盛满寒冷的听力　寒冷的远眺
摆上小炕桌　他爱上不停开始的
第一场雪　飘落得如此姣好

死·生：一九七六年

他一天天追赶母亲的死
追　一部早晨狂转的手摇电话机
自行车把顶着天空的噩耗后退
风砸在脸上　钢印砸进他的缺席

医院的味儿半握在蜡制的掌心里
母亲发脆的手　水泥地上摔断的树枝
带走了肩轴疼　磕坏的眼镜片
也在抱怨他来得太迟

或太早　一根蜡烛还得等三十年
完成那熄灭　那薄薄皮肤下黑暗的构思
逆着风佝偻蹬车　用字攻占一团果肉
三十年　缺席分娩他成一首诗

母亲一行也没读过的　一次次托梦
错过的　一种血脉滴洒墨汁
给一本蜡制的书无数早晨的篇幅
他星星点点洇开　像母亲隐秘发育的无知

用自己重写母亲诀别的年龄
自行车铃声似的死亡念头　太熟悉时
比事实还近　从碎了的骨灰瓮开始
他只剩双倍的生命和美丽

照相册——有时间的梦

千分之一秒的现实都迎着赝品的未来
村子也夹进两页间　小虫的残骸
多年前就碎了　抱着他痛哭的光速
到封面为止　母亲签署的水位

仅仅是这个名字　玻璃幽闭的一夜
灯下米黄色拢住的日期被翻开
河水　有个呛入鼻孔的硬度
他轮流被拧亮　轮流墨绿地潜回

一帧深似一帧地制作一个梦
脸　陷进粘合它们隔绝它们的空白
碾平的村子推着母亲碾平的阴户
抽啊　时间的耳光一记记剪裁

每一帧溺死的经历　每种赝品式的
青春　雁声一夜夜呼啸着不在
鲜艳如一首序曲演绎的界限
仅仅需要界限　一一检阅这溃败

都一样远　母亲的断壁残垣
被他抱着　还用一条发黄的路回家
这部把灰烬精美装订成册的家
千分之一秒后　才懂得不醒来多么宝贵

第二部
水薄荷哀歌：无时间的现实

（极慢的慢板）

水薄荷叙事诗（一）
——现实哀歌

锈蚀血红的泥泞

喷溅

      心中一枝梅花还是满街簇簇槐花？

          一张脸的茫茫

挤出词语的缝隙

        旋入石头的漩涡

当你走过不会绊住你的脚步

当你突然记起　甚至有一缕幽香

    甜甜绞着喉咙

季节平面复印一片片花瓣

             让母亲不知死在哪次

  清明雨声缝合丝绸的眉眼

  你的惊愕　"卟"地不再惊愕时

       复数的第一次偷听到唯一一次

眼泪炎热而空洞

我们走过不会绊住我们的脚步

      当　裤脚下轮轴辚辚滚动

278

国关筒子楼里幽暗的甬道

永远开着灯　炒锅的黄昏

紧倚着公共厕所冻硬的黄昏

一月的瀑布冲走他梦中喊出的名字

北风抱着照相册痛哭

分娩般急切的死　顾不上羞耻的死

他追赶的年龄迎着母亲瞳孔中

放大又放大的雪花

六棱形晶莹的冷

藏进刷新病房的梅花雨

　　　　震落如碎肉的槐花雨

　　　　　　　你是否能认出？

被否认的白撑胀年年滋长的白

　　被否认的爱

　　　　　凝结下地下的凝视

　　　　　　　　你是否能认出？

我们是否能认出

围观的星星间

　　（女巫说）成群轮回的亲人？

　　被毁灭不尽的历史缔结为亲人

　　　　一块黑色大理石墓碑深处

　　　　母亲掠过　今夕何夕

　　　　掠过　家庭辗转　辙迹辗转

夜砸开小屋的窗户　田野盯着他

回来找　炕桌上亮着的鬼火

一个卡在碎玻璃间的初恋

给地砖漫上薄薄的雪花的沙子

　　倒映墙上一块耀眼的白斑

　　小黑狗剥皮时的惨叫　被钉着

　　继续惨叫　断壁残垣一如对称

　　别人越看不见的越令他如醉如痴

离开的日子都是清明

雨滴细数

　　　　　　雨滴内微雕成颗粒状的宇宙

　　母亲淋湿的嘴角笑意依稀

　　台阶下垃圾堆星星闪耀

　　　　　　　腥臭无知的骸骨

绊不住你因为你不知死在哪次

月光失踪式的存在多次

　　　　　　忘　性感女儿似的长大

　　只有一个故事的生命让我们晕

　　我们太多的故事　每本书

　　　　　　夹着一枝含铅的紫丁香

不变的体积

不停抽出一株植物里

　　　　　　更空虚的美

　　再来　房间才空了　情人真的走了

死亡的戏剧扭歪了五官

一只黄铜门把手　攥紧

拎起满满一桶鲜牡蛎的那只手

满满一桶目光在霉烂的地毯上摊开

他打开的信箱有个偷换的名字

他以为是自己的地址　读出

鬼魂就布满舞台　斧劈时脑浆迸涌

悬颈时随风飘飘　总不乏激情

引爆碧蓝海面上一团镁光

照耀那远眺　一架楼梯录制下

死者死去多年后才被还回的笑声

哀伤地埋入他异国的自我

花瓣的眼泪

该惊愕花瓣的虚无

　　　　渗出坚硬稿纸的眼泪

　　　　该惊愕　一行诗蜕变的虚无

世界不多不少是块封死的石板

　　　　　　你该哭你的忘　我们忘了又忘

　　　　　　才配上哭这不动的动词

　　　用不停的哭演绎不哭

　　　用人性本来的潮湿

　　　　　　　　拒绝添加更多潮湿

蓝天开足马力驰过

女巫重申

所有死亡说到底无非一个私人事件
踩响孩子们金属的舞步

　　线民　卧底者　处境厂商　交代材料的花匠　老大哥
　　艾滋村　黑煤窑奴工　塔利班　裸体飞翔的玛格丽特
　　革委会　超级粉丝　G20　Ground0　盗墓者　搜查者
　　柬埔寨骷髅　人间蒸发者　杜撰日历的人　造句的人
　　我　任何人

　　回到表面总不太晚
　　一场雨携来河谷的幽暗
　　朝南的窗户都湿了　清苦的肖像
　　似曾相识中一株水薄荷静静伫立

　　野鸭橘红的脚蹼　蹬开他
　　水声簸着水泡的空心珍珠
　　绿的舌尖倒唱一首黯淡下来的挽歌
　　尼禄媲美杨广

　　水之茫茫
　　他蘸啊吮啊她开花的黏液
　　漂的手指　浸进月色和这首诗两个表面
　　一滴水之内的茫茫

虚构的哀悼凿穿不存在的月份
蕊　时而梅花时而槐花

在无数卧室的特洛伊

空出一件扮演女性的白袍子

死者的月亮傍着簇新的牌坊

夜把玩它的形式

一架摆进周年的照相机拍下

不在

和母亲镜框前的烛光一起

和钉牢一座城市的灯火栅栏一起

高高的亭子中

暴露着性交

原地陷进黑暗

没有诀别的诀别

在一座书写的桥上　看一条河

用无数自沉慢慢释放出浑浊

躲着钓鱼的人正被钩住上颚

没有现在的辞

摆进石珊瑚里的三亿年摆在

他桌上　腐烂的独一无二

对应蓝天上一场静静精巧的解散

没有什么不被倒叙

倒映一匹冷冽水面的丝绸

满坡芒草的羽毛笔银光闪闪

毕生签署一种最耐嚼的寒意

283

没有别的绝对　除了盲目
爱上一个为自己虚构的理由
因此再写一首只对自己值得一写的诗
并被怂恿成它的造物

现实不是一个主题　一张
　　　　　钢铁词语间挤烂的脸
不是任何人的
　　　　啪啪的掌声安顿进风声
　　　　　　　黎明看着别处的眼睛
（说　没别的死亡　没有死亡）
　　　　一碗水洒了
是这里吗？
　　　母亲　四散为松脆的钢铁
　　追不上的脚步
　　　　在雨声中湿湿黏黏地狂奔
是这里吗？
　　　　　　　但这里是哪里？
这无人是哪里？
　　　绊不住花瓣的日日清明
　　　驱逐不知疲倦的嫩嫩生命
　　　轮回之绿从未轮回出一只眼眶
　　茫茫　哽在咽喉下
　　　　　　　淡淡的紫色
虚构一个摇曳的姿势
最擅长一种流淌的幻象

284

流　成　血肉的难熬的奇迹
一株水薄荷用一只粉扑擎着灰烬
一天没呕出那根锯条　一天就在活祭
　　海水汹涌的裂缝灌满盲音

"今夜　我为自己　为你　为离开一哭"

　　到惊愕之外
　　继续死去

水薄荷叙事诗（二）
──爱情哀歌
赠友友

1. 一个街名使一场爱情温暖回顾

一个街名使一场爱情温暖回顾
我们水味儿弥漫的所有徘徊
李河谷银灰的波纹搁在窗台上
银灰的亮度　总能容纳更多的雨
一只骨灰瓮柔和得像一只子宫
我们走　而两个酷似你我的小家伙
不耐烦被领着　纵身越过栏杆
甜点似的目光就叠入水的好奇
天鹅投掷林立的雪白脖子

285

码头绕过迟钝的锈

笑声中船名开成一长串荷花

阳光之日常　一如妄想

滤除水中孩子们应有的年龄

之不可能

这些字写在

二零零六年十月二十五日

数字　除了水深能说明什么

一个街口上两只交叉的桨

不停划动的石头刹那

你和我视线一碰

天上疾走的　总在卷起帷幕的云

认出一件穿错的黄色灯芯绒衣服

故国用垂柳的老绿追踪而来

耳机里大提琴响应漆黑作曲的海水

一场录制　持续二十三年

给河加上梦中也在流淌的耳语

给一闪一闪的爱减去一个世界

一道台阶竞争着空

倾斜到深处

我　并不比岸边锯倒的老树桩上

青苔累累的年轮更懒

事实上我像唱片一样勤快

整天从一个房间响到另一个房间

整天叫你　你不在家也叫
两个重叠的字反刍美食的奇迹
满屋花草熟读你楼梯上的脚步声
渐渐慢了　一丛油绿的虎皮兰
静默下来纺织文身的金线
横贯我们银亮亮的水
不屑拒绝两个还没成形的小家伙
追着自己永远不会成形的嗓音
沥青一路粉碎到孩子从未诞生的
尽头　被刮掉的血肉
把每页诗复制成挽歌

2．水薄荷传

一片水平坦　明亮　静静推开两岸
像曼德尔施塔姆的黑土地

一片水擦拭他留给世界的武器
娜杰日达的心　删去雪不能记住的词

伦敦的雨也记不住　你和我的脸
湿淋淋编织的筛子间　多少人已漏掉了
鬼魂的盐分染白一辈子操劳的灌木丛
他看见那些脑袋　每颗镶着小绢花
吊在各自挑选的白昼的钩子上
切断甚至是甜蜜的　一只淡黄色灯罩下

他活着也得学我们窃听水位在升高
有多少黑夜就有多少一九三七年

沃罗涅什　读音是一只冻红的苹果
收尸的白雪一个字母一个字母背诵出
死者哽在咽喉里的那行诗

娜杰日达的心　在地平线上远远移动
她呕着　大海用终点的韵脚呕着
不是死　不是恨　只是爱
　　　　爱上　一部蓝色鼻息呼喊的传记

　　　　锁定　一条从眼睛到眼睛的连线
如果没有你　谁知道一页草稿的灰
怎样继续焚烧　一双用围裙擦干的手
怎样脱下海浪　渐渐被时间铸成了青铜
我们的厨房延伸他们的旷野　倚着
闲谈的火　甚至十一月的寒风也不是空的
两只茶杯间起伏的深海　只为你嘴边
滑出一枚鱼鳞白的名字而存在
斜斜飘落的雪带着诀别的一瞥
"冷酷的柔情"　他说
一个麻醉在人生里的重量
如果没有你细细的鼾声测定
窗外的星期三　我们漂出多远了
一抹秋色不会是这样

一片不停涌到胸前的水　不停
重申一条落叶飞舞的无人区的路
死者的数目庞大得自动缝合
一株水薄荷的纤细　谁是娜杰日达呢
有多少黑夜就有多少门政治的外语
心颤抖着为一首诗探监　谁不是娜杰日达呢

如果没有一个甩着马尾巴长发的
少女姿影　不停横过
那条早被拆除的大街
一阵雨声就不会从梧桐叶上打进星空
给"只好活下去"加上着重点
如果没有衬着座死火山的铅色海水
像个背景或血统　把柠檬放进你掌心
谁会察觉"太阳"一词被渐渐停用了
一架"淡紫色雪橇"冲向大地的精疲力竭
如果爱是一块冰　失去的湿润给它硬度
没有一只精选的　娇美的耳朵
聆听噩耗　并排的枕头怎么疼如船舷
神话形成于这么近的地方

我们的分秒　增添一坛花雕酒的黏稠
恰似沃罗涅什一杯浇进冻土的伏特加
晚会开到墓地里　亡灵狂欢
　　曼德尔施塔姆　只有妻子
　　能迷上我们精致发作的癫痫

在被撕毁　焚烧　拷打　蒸煮之后
在值得或不值得的疑问之后
水的棺盖上　水薄荷砸着长长的钉子
他和我混合的那撮灰亮晶晶递给你
才发现忍受一个诗人比忍受一首诗难多了

唯一的过去开始于伦敦一阵细碎的雹子
被人听见　因为河床疯子般失控
那深处北极光喃喃低语

3．一九八九年十月九日，纪念日

人生的决定　时而太难时而太容易
这租来的房间板墙幽暗
如一张冲洗过众多影像的负片
定影液浸泡着一场婚礼
我和你　衣衫洁净得像刚被你
浆洗过的旅馆床单
闵福德　邓肯　斯图尔特
三个朋友带来香槟与花
十月诡异的春色　点燃
街对面一棵蘑菇形的小树
这是奥克兰　草地上镶嵌着生命
证婚人的栏目里一笔一画写下
一片世界上最湛蓝的海

每个没参加婚礼的亲人的脸

都在那里　火山灰染黑的沙滩

张挂一排巨浪冷艳的虹膜

早等在这里　长长的下坡路像支历史的

针剂　给我们注射错乱的季节

让老房子油漆剥落的粉红色

追上风暴里一顶帐篷　锁住的白云

锁入窗框中天空的时速

我们的晕眩也发育成一个事件

恰如爱漫过每一夜的悬崖

一场回头张望　推我们没完没了

纵身一跳　这个日期里

鬼魂的羊齿草鲜嫩肥绿

非得借两滴小小的幸福灌溉不可

十八年一次　决定去死或决定忘记

一个岛突出海面上一座阳台

一个仪式　十八年后晃着一只柠檬的

金色　日子既没变大也没变小

却一一历数我们的肉的破碎海岸

诗再写也碰不到一把指缝间漏下的

蓝色沙子　你藏进雪白的兰花

修饰患难的灿烂的脖子　岁月

像件赠给我们自己的礼物

珍藏得够深　老房子拆除时咳出一口尘土

红色独木舟瞪着珍珠母眼珠出海
被雕刻成的正是被毁灭成的样子

4．流去——写在水上的字

河的书　总在撕掉血淋淋的一页
滑铁卢桥牵着灯光的彗尾
而你眼中渗出的黑暗
像石块　锚在水下
看城市被潮涨潮落磨灭

看一滴孤独压弯光年的蛛网
我的脸也从你眼中渗出
一道抬高博物馆的波浪
自由地　滚滚地　吞咽更多离别
无论是水或是血

5．大海，安魂曲，首次，也是再次

船头慢吞吞压进一片蓝　这一瞬
有什么永远碎了　海鸥的眼神
既美丽又狂暴　扑向水平线的船舷
带路的是一只龙骨下悠游的小海豚
穿透了什么　比阳光油漆的皮肤更激烈
像背上黑亮喷气的小圆孔一样深
俯瞰着我们模仿鳍挥动的胳膊

和　刚刚抹平一个浪的内心

最彻底的粉碎是看不见的　水滴
把一双手静静折断　蓝的隐喻
既给灵魂又给大海　蘸一下就斑斑龟裂
抽出　来不及退去的阴影就学着作曲
我们的两只音符被一条水线串着
两次演奏　使每个距离偷偷加倍
剥开海的刺　一枚仙人掌果红如血缘的
肉　让我们牙床上溅满了彼此

我们已驶过了多少海洋啊　多少光
保持着年幼　磨快折刀似的翅膀
一张床拖着航迹　航行到我们的
成熟里　家　从这个词望去海水最苍茫
潮汐的桌子上摆满疑问　再推迟
一行诗句就是一块浮石　远方
好近啊　我们能感到它在怀抱里孵化
爱　从这个词想象涛声拍打的形象

只两个人　加一个星空　别无所求
只一天　一个拧亮又熄灭的节奏
把船舷边画下水痕的世界冲刷而去
你我的嘴唇安置什么也不遗漏的结构
完美的漩涡　只待剑鱼深长的一吻
黎明像个最后剩下的　最炫目的理由

值得交换我脸颊上浅浅的凹陷
当你醒了　在那儿停泊你的额头

当时间　这音乐的语法　不谈论终点
却以每个疯狂的一生照耀那终点
插在一个余温袅袅的洞穴里赴死
不是无限　平庸的下午一阵突袭的孤单
虚拟着无限　我们静静对坐的房间
淋着比无限更远的细雨　聆听
海浪破译的电报声　两颗心依然惊讶
我们的鲜艳　尽管日子哑口无言

于是安魂曲和大海呈现同一种美
一首爱情诗等来首次　抖动的蓝轮回
无数次　每次一个不堪忍受的世界
精雕细刻一枝向你擎出的凤尾
沙滩上无数条投奔浪花的路
用我们那条　指挥璀璨的乐队
给你一个阳光修剪的腰身的调性
你拧着湿淋淋头发里的海水

修复我的视觉　哦　活过
就是铺开自己这张血肉的乐谱
写下古老的荡漾　抚摸
从一双眼睛倾入另一双眼睛的万顷碧波
雪亮　等于皮肤下的暗夜

巨鲸的残骸像盏苍白的灯幽幽垂落

我们的美一如我们的碎　持在谁手上

云来了　笔尖沙沙风暴的杰作

把你的手放进我手中　一个旅程

背诵一次就再经历一次　诗这样生成

水薄荷的纤维一百万年只编织一次

绿绿你我　像个对惨痛诗意的约定

学会爱就是学会在一条街的甲板上稳住

学会死　虚无有多深温柔有多深　幸福

生成　你掌心里的热已渗透我的骨髓

两只水鸟翅尖一碰　停下我们的造型

水薄荷叙事诗（三）
—— 历史哀歌

我的历史场景之一：屈原，楚顷襄王十五年

一道水的明亮皱褶里叠印他和你的

脚步　一道光检测着祖屋的老

像被判决终身奄奄一息的火塘

暮色也是件没有时态的作品

把他的高冠　长剑　兰蕙　华章

玉佩之叮当　埋进你枕着的泥岸

小时候意味着几千年？一排浪牵动

江心的大轮船　汽笛声中等待之诗
早成相思之诗　水浸浸的距离
忘了也在一只明月灯笼的吟咏下
记住　祖屋旁的韵脚清自清浊自浊
相思自是一种交给毁灭攥紧的形式
哦　大夫　一间筑在水中的斗室
小自小　大自大　足够无尽徘徊

他和你都不会惊奇　"南州之美莫如澧"
一条河也有它独一无二的体味儿
像美人　辗转身边如一根熏衣的香草
断也是决绝的　一个投水的姿势
令一段江面腰肢挺起　一枚玉玦
又一枚玉玦　追着水鸟掷入江风
多好闻啊　一天天把你怀大的鱼腥
从一千条河中选出这一条　呛炸
大夫的肺　郢已破　东门已芜
妃子已荡靛绿的涟漪　该写的句子呢
落一场非湖非海锁入流向的大雪
女孩的身体鲜艳迎迓一首诗的冒犯
女孩默想　踢过的浪多远了　多老了
水声汩汩　屋顶　墙缝渗漏的黑
招认　当苦苦相思像个虚构横渡不了
美人都不耐烦自己的美丽

五十二岁时我重读被你拣回的

二十九岁　自恋像只萤火虫

睡着的火山怀着暗红的年号

——"树根缓慢地扎进心里"

——"它学会对自己无情"

过盛的时间清澈过滤河底不流的疑问

水之老筛掉大夫春夜的恼怒

再读　我们的才华连自戕都不会

只能忍住霉烂椽子上你的乡音

滴进我的　递增一只漩涡的聋哑

你的祖屋变卖给鹭鸶　吊着兽性的脚

啄起白白的尸体　我们连死亡都用尽了

何况相思　玩过的浪滚动成远山

何况诀别的空书从不留下任何名字

哪怕叫澧水　模拟无人的温柔

从一千个侧面教给耳朵干渴的诗意

我的历史场景之二：巴勃罗·卡萨尔斯，一九五五年五月十五日

纪念馆的小门隐在旅客咨询处后面

关掉节目单的五颜六色

一头老象　突兀在房间里

灰暗多皱地摆动

一根老弦把灰暗多皱的鼻子探入

下一小节　猛汲会痉挛的水

音乐　他的胸腔把惊飞的时代
改编成徐徐叹出的哼声

玻璃橱柜中石膏的五指
还领奏着大海　一副小圆花镜
还在摘下脸上悲苦的玫瑰窗
一只旧皮箱还在朝一切方向上路

除了故乡那个方向　一山之隔
便是虚无　一只冷血的音叉校对他
蜇入租来的家就一点点融入
朋友们的亡灵　一块老茧

打磨决定沉默的十八年
空白的早晨层层脱皮成一首组曲
街道等在雨中　练习屏住呼吸
他的宁静无限缩小了独裁者

他的缺席把一张琴变得庞大
在一个有名有姓的回绝里
删去不值得聆听的
岁月般琐碎的

移开自己多余的名字
他的烟斗　他的狗　慢慢转过街角
都是深度节拍器　他的老年

（一如所有老年） 没有渺小的叙事

那双手令天空震动地闲着
知道　死亡更近
耽溺在不演奏时更怕人的柔情里
知道纪念馆的幽暗渗出血丝

（一声录音里响了半个世纪的咳嗽
咳出这首诗　注册我的网站被祖国
绞杀的一刻　噩耗
把我逐出听众的位置）

大洋环流的教堂里一把木椅子
没搅碎沉默　只铆定沉默
历史有个缓缓坐下去的重量
触弦的是　重申不

在我诞生第八十三天
葡萄园的绿色乐谱叮咛一个婴儿
诗是什么　储存了十八岁的无声后
大提琴地狱般的开口意味着什么

此外　音乐呢
音乐在纪念馆的石板地上洒水
罩着我们的爱的荫凉　心
追上听清惨痛的至少的幸福

我的历史场景之三：严文井，二零零五年七月二十日

（天堂的半途——）

我总是赶不上一场葬礼

甚至猫咪欢欢也比我快
一座正午暴晒的阳台也比我快
等着烫死的方便面已吃够了沙尘暴

围棋盘上的残局蚕食这七月
他在路上　天堂在不远不近的地方

只是他的死给小屋唤来造访者
只是　最后十年清冷反锁的
私酿的孤寂　再也不可造访
匆忙的人生理解不了　两根手指微微
抖动　黑白棋子间历史倏然转折
他的沉思夹着自己的落点
而我诡谲地想象一块遗照上的玻璃
把凛冽的幽默都焐热了
十年前一串从窗口扔下来的钥匙
拧开悔恨　不接住就好了
一条拖着脚挪向小饭馆的路
永远走不到

或许能刹住头脑中嗡嗡轰鸣的海啸
"最后一次！"

                但他目光一闪
"没有开始哪儿来最后？"
天堂列车上缀满蜡制的猫眼
欢欢瞳孔中冷凝的萤火
像条蜡制轨道承运少年的云
某个湖北孩子的顽皮
切开故事中一块蜡的人格
影子返身割下难忍的生命
九十年　他写一本书　而拖欠交稿的
三个月　像童声嘹亮的缺口
广场上盆栽的笑是编号的
背诵的节日袅袅舔向未来
某种人性的肺气肿
发育成半夜呛醒他的暴戾目的
某个想象力的渺小谎言
把别人的脸掀开一点　借着误解
把公式推开　天堂无限远
半途娇纵如老年的色情
直到什么都不发生的日子
比哪本书都说出更多
他额头的光辐射烧融那么多童年
最后一场核爆　冗长的世纪
精练成一个下午

301

红庙北里　女儿一星期来一次
拿报纸　送食品　铁窗框间偷渡阳光
欢欢的叫声菩萨般圆满

一本弃置到远远内心里的旧棋谱
弃置不配镌刻历史的国度
天空喘息　小屋里继续飘落的灰
静悄悄混合了他的灰

托梦的湖北口音仍在攀升的半途？
即将完成的视线在夷平楼群的半途？
天堂有鸟鸣　我赶不上葬礼
同样　赶不上人生

我的历史场景之四：鱼玄机，唐懿宗八年

（一首和诗）

断头的故事绵延成欧洲的雨
断裂声打在雨伞上　不像哀泣
倒像会漫步的醉　满天纺着细丝
一条石子路铺进两场远走高飞
　　一杯酒　浇向她的死和你的歌
　　两缕冲淡　合唱的血色

为什么我猜她的枷衣准淋得精湿

一如你　随风吹洒的淙淙响的句子
为什么我猜一颗硕大的水滴
裹住上千年　你们的头巾兜紧药味？
　　　　我的臂弯里一张最娇艳的脸
　　　　猛地挣出大海幽闭的房间

写她的死　你是否分担那个死期？
一次处决　回旋成织锦的回文诗
青山如刃　雪亮地掠过脖子
刽子手们跨时空的亲昵
　　　　扼住你们身上最细最纤弱之处
　　　　才华和多情　自古犯了众怒

这就是罪　毁掉一具具绝美的躯体
剥啊　剥出无所谓男女的辞
和眼泪　新年早上一阵孤独突袭
蓝天　卸妆吧　泻下杀伤力
　　　　她粘粘猩红的长发还挽在脑后
　　　　打滚　像只掰开的石榴

咬着泥土　让桃花片片对你耳语
不必怨　也别怕爱　只要一次
会心地对视　香妃墓上沙尘亮丽
如镜　倒映千年间幻化的姐妹
　　　　彼此的名字像散落风中的狂想
　　　　爱得久一点　无论爱刺痛或一缕余香

小城瓦莱赛的雨生不逢时
我走　像只生不逢地的低飞的燕子
穿过你们　书写的鱼跳舞的鱼
好香　破网而出的玄机
　　揪心的悲欢味儿　穷尽
　　照片上继续灿烂下去的残忍

为什么我猜最解渴的仍是时间这池
浅浅的水？当死亡不是畏惧　是事实
活过　爱过　写过　断头仅标志
盛开　我的脚步既向东又向西
　　追上双倍的不可能
　　笑意　才钉进一双最忧郁的眼睛

她的或你的？唐朝是件缥缈的羽衣
所有凌波步都向一个熟识的身影折回
死一次　碎玉打翻青羊宫的荷叶
生无数次　我们不开灯的房间里
　　掌心疼得夺目　血迹
　　深陷成刀尖下艳丽的纯诗

我的历史场景之五：修昔底德斯，当他徘徊在锡拉库札

海浪不骗人　它的雅典口音
缠着死者坟上一枝枝断桨
溺爱的蓝继续划动

304

阳光锈住了　眼眶的无花果

空着　那挡在回家路上的半岛

不存在　我们来这里

只为尝尝自己肉里渗出的咸

大理石渗出雪白的诅咒

证实　倾圮不分地点

废墟的侧面支离破碎

密密刻满字母　俯冲如

一只只从他掌中凶猛攫食的海鸥

水平线的叫声又冷又亮

那刺穿青铜盾牌的水

结晶在死者焦渴的嘴边

像个妄想中的胜利

修昔底德斯　来此寻访亡灵的

袍子里的风鼓动奖给一切诗人的

叛国罪　不认识的词

"公元前"　踩响地雷

可乐瓶　碎电脑　灵柩

跨着正步　蒙在国旗下

摆进翱翔的机器

他的仪仗队是个干裂的港口

柱廊和蜥蜴　相同的两栖类

听见心里一片海日日退去

舔不到脚趾的灿烂波浪　拉开

旷野　撕散的棉桃像两行足迹

我们的远征总背对海

像一场和自己无休止的争论

"他们蹂躏了那地方，就回去了"

史书这样写我们死亡的意义

奇形怪状的海岸上

仙人掌果坠着血红的乳头

束着腰的胡桃树下

毁灭背对每一个故乡

"他们蹂躏了那地方，就回去了"

简洁的句子拖着地中海

刮平的　神谕摸不到的海底

罗马　拿破仑　不列颠

一捧捧火山灰庞然倒扣下

瞎眼的鹰扛着今天的帝国

但我们是回不去的

乌有的意义是回不去的

我们的家埋在别人粉碎的家里

修昔底德斯精致研究

一朵浪花跌落的绝对性

我们的蹂躏　唯一赢得了

一声枪击的沉闷感谢

一片走投无路的摇落的松荫

对每只耳朵都是外语

没人听懂时只对自己说

活人听不见就对死人说

修昔底德斯　本身是亡灵

沿着希腊的溃败　布置

一座两边都是海的高耸的石门

湛蓝耀眼的穿越

等于同一场沉没

回家的路本不存在

因为大海那边本没有家

因为我们比大海更空旷

唯有厌倦这唯一一边

厌倦于自己的分裂

和在潮水上记录分裂的努力

一个吹散云朵的深长叹息

震荡肺腑　伯罗奔尼撒不在

纽约　伊拉克不在

未来尸首预约的手术

溅起堆堆疯狂演讲的泡沫

早缝合了　树叶翻开惨白的底牌

我们的鱼骨斜插在书里

盯着看　四周粗硬的沙粒

涌出腐蚀的颜色

修昔底德斯抚摸一个淤血的字

大海这块痂　抚摸过

被蹂躏的人的可能性

回不去时　回到

一枝戳疼天空的断桨

第一眼就被蓝的浓度宠坏了

把噩耗研磨得更细些

写出历史

我的历史场景之六：克丽斯塔·沃尔芙，一九九二年

柏林的满月复活一次背叛

她写过那房子　此刻房子走出房子
她写过那街道　此刻街道漂流出街道
她写过的大海抬高剖腹产的床

卡珊德拉　美狄亚　克丽斯塔
血淋淋押韵

谁给阴影一个轮廓不得不血淋淋

像月光的视力　刨出
女人薄薄掩埋的银白骸骨
铺路石透明分裂的眸子
盯着墙的平行线　迈锡尼　科林斯　北京
满是弹洞　而卵巢像靶心
她在一座座城市的碎玻璃上赤脚起舞

情人们睡进冰川的怀抱
跟着步伐娇小的作品移动

刺绣现在　肉吱嘎作响的擦痕
编织一次褪色　检查站的
探照灯像女巫爆炸　满月鸡尾斑斓

被过去辞退才双倍呕出现在

她写不洁　剧毒　精确之美

一把铁椅子又冷又硬硌疼室内
一声轻轻甚至刻意温柔的"说吧"
一颗心陡然沉下去的空
娇小的"完了"受限于重量的物理学
呼喊从拢在嘴边的手指间泄漏
勃兰登堡门前　那女孩儿
听觉的金羊毛正兑换成
一簇锈迹斑斑的青铜阴毛

她的写　写下我们之间银波粼粼
一个填满征兆的黑海

背叛　每个对她背过身去的墙角
出卖　镂在抿紧唇线上的冷笑
偿还　月光的债　越皎洁欠下越多的债

克丽斯塔　美狄亚　卡珊德拉

背叛不值得的活
同时背叛不值得的死

房子走出房子　水底废墟嶙峋

街道漂流出街道　水波复制着耻辱
自行车蒙着林荫上演一部歌剧
徐徐捕杀自己孩子的夜晚
从柏林远行　抵达
只有女人试着薄薄掩埋的
血污之美　急促之美

无数满月辞一样准时升起
肯定最初一轮艳冶的构思
爱上还能继续涨潮的疼
活　在　死亡深深的照耀中

我的历史场景之七：叶芝，现在和以往，斯莱歌墓园

大海是一个诺言　至死不兑现
才一次性夺走我们的眺望
他的名字牵着约会的另一端
等了二十年的早晨　风声格外嚣张
本布尔本山的静默绷紧鬼魂的蓝
全世界的韵脚　应和一排海浪

成百万块化石贯穿一条血腥的线
我蹦着走　像被举在一滴水珠上
我的影子也像动物　爬过海岸
有小小肉体扼住呼吸的疯狂
有背着光的　陷进石缝的双眼

有个堆积的活过的形象

什么也别说　小教堂的语言
刻成孤零零的雕花柱子　月光
把嵌在厨房窗口的本布尔本山推远
山脊上一抹天青色　从他的诗行
斟入我的一瞥　用二十年变酸
一个未预期的我又已是陈酿

陈旧得能和他共坐　消磨爱尔兰
空旷得迷上一阵鸥啼的苍凉
他耳语　大海的缝合术鳞光闪闪
一次靠岸仍靠近离开的方向
当汽笛锈蚀的喉咙饮着浑浊的夏天
这个吻　有诀别味儿　溅到唇上

湿过　再醉人地被狂风吹干
他的墓碑擎着冷艳的青苔香
远景在我的呼吸间撒盐
骑马人像大海放出的白云一样
允诺　碧蓝弧面上一条宛如锁死的船
一次性完成我们的眺望

水薄荷叙事诗（四）
——故乡哀歌

一、路

距离是我一生的诅咒

当蝉声以诵经众僧的俯仰之势远近

而鸣　环湖中路像座酷热的经堂

蒙着灰尘的绿沉沉下坠

阳光改写贝叶上烫银的文字

空间充斥汗味　自行车

悟透了终极在洋槐树下生锈

水泥小公园悃得水雾迷蒙

头顶悬着只缺席的海鸥

我穿行于红砖群岛间

一个明亮的姓氏衣着泥泞的白衣

率领满城仿古的琉璃鸥尾

蝉声的黏合剂把报亭　西瓜摊

搅进昨夜暴风雨的水洼

走三分钟就到了　三分钟后众僧

转身　吟哦另一个刺耳的无限

二、雪：另一个夏天的挽诗

与活相比　诗算什么　夏天的房间

堆满我们自己的雪　供桌似的雪山

万匹素白　无鸟的天空满目烟黑
喝　扩散肿胀噩耗的　必是一场大醉

再冷　死者也不怕了　我们携来苦酒
相拥而哭　哭出的夜在海拔上漂流
帐篷边　南十字星低低拎着冰柱
血里一滴酒精　世上一次轮回的虚无

再远　也无非消失成雪花的六棱形
千年之雪　一把抓起多少时空
裹着白绸不愿醒来　每天裹着灰烬
活算什么　梦更难忍　尽管我们殊死否认

三、路

是否所有海滩上状如白骨的浮木
都有同一个起源？是否这条路
风中都是海盐味儿的血缘迎面拍击？
父亲的家有个涛声组成的地址
我起伏行走　像被扔进
一粒苦杏仁咀嚼过的那么多嘴
是否这块触礁的路牌写进多少首诗
我就有多少个过去？是否一张渔网
仅仅为漏掉？祖国　发音像结石
砸着父亲每天塌陷一点的肾
是否回家意味着捡回一枚空蚌壳？

313

剜掉的蚌肉不对别的眼睛存在
同样不对我存在　踩着滑板
跳过云朵的男孩子全是失重的
是否太阳也像颗慢慢深黑的老年斑？
是否思念的人就还被自己驱逐着？
还没追上父亲　耗尽毕生时机后
那一抹微笑

四、移动的房间

发出脆响的钟　梦　和一袋米
某个深夜一把钥匙的开锁声
开启它的行程　爸　这房间移向你
这被召唤出的地点彩排一种更正
遗失的月色都迁入刷白的四壁
一道窗帘飘向你　幽灵般透明

幽灵般住在过去　夏天
登上一架血肉的梯子四面回顾
这被召唤出的风来自人工湖那边
这地板衬着微光缓缓远足
从过去到过去　这城市晚霞斑斓
爸　那是你　酿就时间的厚度

儿子抱来的西瓜　蓄满粉红色
儿子的目光镶在门牌上像个符咒

童年旋紧螺丝　发甜的死者
在一圈圈地平线里拧着一只线轴
细细的鼻息中一缕晨曦　胁迫
日子　悲苦和欣喜的同一结构

门小心掩上　房间栖息进诗行
香着追赶家常菜婀娜的舞姿
睡着了也觉得枕边水仙的臂膀
温软流溢　搂住一秒钟的玲珑精致
听啊　消失撒下瀑布声　冲撞
我们就显形　从头再漂泊一次

五、路

从环湖中路到泰晤士河甚至不必过桥
一条河边搁浅的船排练完所有房子的脚本
甲板摆满绣球花　舷梯上攀援着孩子　桨叶
一只铁蜻蜓　肥厚的五指扇着烂泥味儿的嘴巴
黄铜船钟每天两次校对擦得雪亮的时间
突然　忘记海风的桅杆从一场暴雨收听到
隔世的温柔　如今河在船舱形的卧室旁流过
如今橡木窗框中镶嵌的既不是岸又不是水
却有一种累　比海上厌倦了眺望的眼睛还累
搁在这儿　呼吸比盖着青苔的小教堂更迟缓
一摊鸟粪垂直落在一行诗藏进落叶的鞋子上

六、京剧课

牡丹簇拥　细细的蕊上站着亭台
她的腮过渡给他　梦半红半白
他的多情婉转成她春天的歌喉
人耶鬼耶　不可能的美袅袅于世外
袅袅近了　扑鼻的粉香托起肉香
莲步　云靴　趟得涟漪满池漾开
他唱　而她为每个拖长的尾音签名
人生如戏　可并非人人都演得精彩
　　　　　　——父亲说

东安市场　吉祥剧院　金鱼胡同
都追着妃子　云想衣裳花想容
历史想着卸妆后的断壁残垣
她和他　美目流盼填充虚无的剧情
水袖甩着千年　谁在乎干透的名字
酒杯看不见地斟满　看不见地一饮而空
勒断的脖子悬在一场黑暗的堂会中
旋舞　真剪下的花颈迎着假的年龄
　　　　　　——父亲说

世界埋伏进空气　随一声鹤唳
而显现　朝代啊　殷红惨白都是喜
一只咽喉深处逼出的唱腔逼出沧桑
永远同一个故事　永远这对男女

316

踩着舞台的边缘就像岁月边缘
踩着现在的刃　悬崖下大海远去
她和他俯瞰我们　非风韵到极点不可
炉火纯青啊　贯穿耳畔的沉寂
　　　　　　——父亲说

七、路

但酷热也在复述一种久远的亲情
街头叫卖的小贩　怀揣各自的珍宝
一场歌剧衔接得恰恰撕毁一只耳朵
水果摊老尽一颗颗甜腥的少年心
三分钟　压缩版的黄庭坚
播映还乡的跋涉　父亲演绎一个终点
一百万扇油烟四溢的厨房窗户凸向
月亮　路灯水银色的裙裾
在缝合或粉碎梦的完整性？
三分钟　走完庆幸或悔恨的族谱
热　水蛭般叮进异国情调的母语
我的拖鞋的远洋船　被万里浪打得
斑斑驳驳　在挣脱或沦入
一条最深的海沟？父亲咳嗽声的
浮标间　每一步跟上航道
怕人的吸力　这首诗和我
同样把妄想当作归来

八、雨夜

这大雨之夜只留给世界漆黑的想象力
窗台掉进一个成千上万吨的瞬间
颤抖　谁说宇宙间水最孤独

当人还能更渺小
守着一盏灯　守着海底
一枝舍不得睡去的珊瑚

这里的大雨之夜
满地激流倒灌进耳廓　天空的
滔滔不绝有个绝不混淆的口音

一小时　在鞭打中肿胀
一棵狂风折弯的小槐树弹上浪尖
它的弹力射出它的晶体

它的乌云雕花　雕成一杯茶的纵深
听着隔壁惊醒的孩子　啼哭成
不是回忆的故乡的纵深

却更猖獗地加速　整夜
耳膜上所有失去的可能性哗哗泼下
地平线扑面而来咆哮而去

挂在更渺小的眼角上 一滴
含着你我 还在猜分别的含义
还徒劳地怕噩梦的卵再次分裂开

九、路

爸 人生怎能有许多路？脚下
这条 或海面上秘密关掉的那些条？
　　　儿子 八十岁只留住一个黑夜
　　　磨快的锋刃足够慢慢把玩
爸 日子剪辑成一张张老照片
间隔着发黄 灯下我们翻看谁的影子？
　　　儿子 一串快门声分解你
　　　嘴里渐浓渐苦的定影液又粘合你
爸 这间小屋里你带着世界自转
按下录音键的手指 也按住
一生失恋摩擦的火花？
　　　儿子 没有什么不是快乐的知识
爸 玉琮里血丝红艳鲜嫩
活像腋窝下闪耀细细汗光的女孩儿
流浪 已给定黑暗的缘分？
　　　儿子 一条不放开你的路已
　　　够确切 够瑰丽 生命的海市蜃楼
　　　浮在没人注意的一分钟

十、银链子（插曲）

深深拔　银制的密语

深深　环环相扣的铮亮日子　拔
自肉中那枚摸不到底的洞

夏天的湖岸上阳光锻造一只锚
我们摇曳　水的耳语也在
床上　水痕一波波舔向
细腰捧起的妩媚的肉窝儿
动　银子一股股绞紧
脚尖钩住脚尖的金属绳
拔呀　无视你的娇嫩

自又一年散开时拔璀璨诀别的一吻

美如一首弦乐的湖岸休止不了
我们踱步　密语的质地切断不了
夏天的焦点如此夺目
被两只妖冶的翅膀死死护着
显示荷花的要害
自己都惊恐　一种
仍然盯着水面的韧性

仍在毕生提炼着纠缠之美　铆定

耻骨与耻骨环环相扣的零

拔　出　血分子里碇泊的一朵荷花

十一、路

蝉声以诵经众僧的俯仰之势吟哦
茫茫的美学　一条街泛滥着清晨
三颗星种植在我墨玉的额头上
哦蝉声　吟哦摧毁时间的美学
走在时间里的那人脱掉多余的部分
觉得沁凉的重量从绿叶间移到
压住的舌尖上　一块玉叫嚷无声
昆虫的小小颅骨支起天空的拱顶
哦茫茫就是一个人和宇宙并肩上路
哦东方就是任酷热的蓝贯穿彼此
锁骨就锁住了万古愁　地上地下
我扇着一对丝织的翅膀　仙人之美
就是孤绝到极点　环湖中路上
我模仿父亲每天把脚步放慢一点
红砖楼群模仿海上嶙峋的巨石
夹击　汹涌的　探亲的一只蝉
无处来也无处去　除了
有个和舌头雕刻在一起的硬度
泥土中探出的舌头　捣毁呼号
径直　歌唱突入死亡内部的现实

321

十二、叙事诗

没有一个街角　路牌　车站
不在检举我们　像语言

没有一株垂柳不在收紧碧绿的网
圈住疯狂转向的鱼群

让称之为故乡的　游动冤魂的情节
被体内钙化的雪驱逐到烈日下

柏油青烟袅袅　云中之鬼
热衷一张从反面冲洗世界的负片

烘烤一个考古学中
蒸发不完的　雕栏画栋的此刻

想召唤就召唤出满街浓浓的肉色
想终结就终结　像母亲

躲进一把黄白色的骨灰
早已写下的芳香　摆在我案头

叙述体温那件事　血压那件事
漆黑峰顶上一颗流星为我们摔碎那件事

摔碎无力说出任何东西的眼睛
一块老玉修炼亿万年

精选出诗这唯一一件事
无言的结构剥开无数哭喊的方言

绕过星空　朝父亲漫步
还原为寓意本身

水薄荷叙事诗（五）
——哀歌，和李商隐

　　　　"一自高唐赋成后
　　　　楚天云雨尽堪疑"

而楚天恰是多云多雨的
而昨夜星辰昨夜风　唯一隔着
两个字之间的清霜

而谁在踱步？一只船泊进
水上水下两个世界

双重的茫茫　他的香
叹冷我们的流水

一湾暗绿吞吞　吐吐

舔过油漆成黑色的铁船壳

一种老橡木的明黄色　攥紧

老式方形的舷窗　窗纱后

他的假寐　切入小公园死寂的草色

他停下的音节劈开句子的千江月

水的长街上　鸟翅逐一抹去

风暴的理由　鸟嘴啄空

一粒野浆果的艳红被灌木铁丝网

圈禁的理由

茫茫　波浪无岸的呵护

他的凛冽中

还有什么没写尽？

而我们早就像一个疑问一样

存在　当你记得的河谷秋意更深

一幅楚天逸出挽入水声的长发

云和雨　隔着摆成一千年的思想

读吧　所有诗剥开都是爱情诗

＊　＊　＊

　"山上离宫宫上楼

楼前宫畔暮江流"

而最美的爱情诗必是一首赠别诗

非诀别不可　　一封信
踩着千年间所有最后一瞥
非无视无题怎样提炼暮色的黏稠不可
我攀登过的那座荒台
非得拆毁成纯粹远去的你

性欲的纯粹颜色
皮肤在万丈悬崖上萦漾浅黑
抱不到时湛蓝发亮
一次摔碎凿刻一道错金的水面

都醒在梦中　　他写比云更远的梦中梦
我们被一堆乱石早早望见
夜夜　　王　　饮着不可能的毒酒解渴

唯美　　就是爱上不可能本身
叠字清音波荡　　逼人掉头而去

　　　　　　＊　＊　＊

"书被催成墨未浓"

就这样我们摇曳在千年墨色中
推移　河谷写成的天鹅的倒影
洁白羽毛覆盖着暴力　水声的
哀筝衔接满巫峡草茎的急管
更换一只老船里紧贴板壁的耳朵
抽血一样抽走日子　哪个
是不能翻译成音乐的？偷听相思
与灰烬　何必问贯穿谁的节奏？
我们轻轻磕碰石岸　足音淋漓
令游客回头　这墨色
研了千年仍不够浓
绷直一根绿绿油腻的柳丝

就这样我们用五首哀歌互相道别
和自己道别　五个辞行的长句
给一条河一个慢慢倾吐出的结构
一盏会作曲的烛火埋在水下
用五种腥味分解一条鱼
五条乐谱线平行于早晨的鸟鸣
每条攥着一种玲珑的听觉
每阵雁叫装订一本回眸的书
河水翻找潜藏肉里的一枚枚冬至
烧制一件落不上红叶的青瓷
就是挥别了　身边这道涟漪
总是蓬山万重外最后一场冷雨

就这样归纳为狂想　　掏空辞
辞才被说出　　不改呼吸的密码
诗才等同一种窒息　　我们不信任的
语言归纳我们抓不住的生命
虚无绝美　　你径直拣起这本书
他留下的船标点逝水
我打磨一面面无关月光的圆圆镜子
那不怕摔碎的　　满抱没有瞬间的
珊瑚　　水母　　彩色盲目的小鱼
写下一首诗　　世界已可以消失

　　　　　　＊　＊　＊

　　"小园花乱飞"
　　"所得是沾衣"

活埋在玉米田里的阶级敌人感到
钢筋和打桩机　　滋长阴谋的胡子
一只水泥小瓮盛满尿　　淅沥的雨声不变
而发酸的外语品牌的春天浇湿总转到脚下的星球
对于**现实**　　我们知道些什么？

情人最初的白发短短　　细细　　镜中如此娇嫩
另一个女孩沿着银色的索道滑行
女儿的更苍老的女儿　　被捻着
像缕鼻息　　旅馆浴室中从身后满捧乳房的手

哈气般散去　窗外夜空的一朵莲花散去
对于**爱情**　我们知道些什么？

海岸上僵直盯视水平线的动物
垂下化石的眉毛　云恰似又一个朝代咳嗽
蜇进腔肠　虽然迟暮传染病在皮肤上挤满疣斑
可对于**历史**　我们知道些什么？

一个人里面是一群人　远远走着
每条路绘出美人儿的曲线
一群人　忙忙引用一个子宫湿润肥沃的出处
因为赎不回出处　美人儿娇喘吁吁
用乱伦的欢叫拉长地平线　像徽宗放飞的鹤
对于**故乡**　我们知道些什么？

除了一个字　像座高阁目送着客人
像个漩涡　不停自终点内剥出终点
问　还有多少黑暗录制在一次激情里
急急铲除天边的积雪　拂净白纸上手之落花
对于**诗**　我们知道些什么？

　　　　＊　＊　＊

　　"十二玉楼空更空"

我一次次从空中张望这片水

机翼抚过北伦敦　家何在？
一长串绘制云影的内脏形反光何在？
一座花园是一块绿色斑斓的锈
缓缓退去的树林退还给水蛇的沼泽
幽暗树梢背后一片诡谲的红光何在？
（贝尔　冰川的黑舌摩擦你的章句
晓渡　大风夜的灌木越无灯越明媚
帕斯卡尔　译诗必经的河谷
必然是无底的）玉楼升高
十二层　水薄荷中亡灵吟唱
孤单夜游的天鹅拖曳她的三角浪
一个邀我认出的含义何在？揩干
署名的角度　从空中踩碎黄白色固体
机翼揭开一望无边的盐碛

＊　＊　＊

　　　"归来已不见
　　　　锦瑟长于人"

一首赠别诗从859年写到2008年
李商隐　他的梧桐数尽盘旋的凤凰
他的女道友——羽化为绝望的韵脚
他弥留时眼中的蓝　收拢一生
泼溅到笔下的血迹

329

我们的血迹　不做梦的人梦见了
最美的山顶上嘴对嘴呼喊的雾
引渡河谷一夜刷白车窗玻璃的雾
你从十页纸的小论文到一个吻
得进化多少年？指尖嘘着寒意的一触
否决永远就到了不解冻的永远
写多笨　那就别写　这个冬天
完成的冷　让一首诗潺潺沉在水下
都是雾　环抱中震荡的裸体也是
谁梦见谁就回来

忧伤的诗何时才吐尽忧伤？如他
四十八岁的画舫载不动的　大醉的
他燃在琴台上的那炷香复述不出
她们那缕烟　他的墓草青青
如水仙　吹奏一根粉红色的鲜肉笛子
过多的人生　过多的无力

我们的无力　把回来的情节变成
一次星际旅行　你乳头上的香
隔开一分钟已是株轮回的植物
一个渐渐浑圆的腰身带着结局的惊恐
眺望一双温存的手　一再
丢失进修辞　这本书径直拣起我们
听清深夜嘎嘎的开片声
每天建造的裂缝里　哪个青春

不是晦暗的　虚掷的？年年朗诵
时间的空白　用我们
带在身上的终点淹没他的终点
枕着的水波汩汩流淌　诗恒碧
诗人心甘情愿骑乘着陨石

＊　＊　＊

"暮雨自归山悄悄"

一首诗是我们拿生命抵押的全部
一首诗　阴户边缘微微烧焦着
繁殖劫数　迫使一次赠别愈加色情
哪座荒台不是巫峡旁我登临的那座？
雨后的燕子穿缝断简　残云　王梦
荒台即祭台？你我本来就是传说
被日夜流淌弄真了　悬崖下错金的河
目睹交出自己的形式

一首诗教我们实习一种死亡
哪首不是这首？你眼睛的年关
注视更深时　山中的静注射得更深
我不舍的是爱还是内分泌的茫茫？
桌子撒向远方的血肉都有湿淋淋
女性的语法　祭祀的大海固执于
一株拒绝移过新年的野茶树　长成

331

谎言伤害不了的形式

＊　＊　＊

"女萝山鬼语相邀"
"碧海青天夜夜心"

李商隐可以是一只船的名字
刚刚下水的　还不知过去未来的
船坞里一方小小的波浪　摇荡
共时之蓝　金属的婴儿皮肤上
幻觉之蓝　吊车的鹤向下观望
星期日的大洋停顿着

一个离乱世纪的休止符
自离乱的阳光渗出　那船体雪白
那沉睡巨大　那等待把一只海鸥
派遣为隐喻　代替风中解体的人
船舷上一盏灯无缘无故亮着
照耀一堆无缘无故衍生的钢铁

水薄荷都有劈开风声的船头
岁月什么也不说　只听头上
某位鬼魂作曲家叫着　笑着　玩
一个每天的零被海平线整理成型
一架小风琴　他的　却招我

饮一杯　两个时代的浊酒

共用一场醉　两首赠别诗
分享一个加速储存黑暗自我的语言
不分彼此　一页碧蓝的乐谱
挪动某只被演奏的书写的手
分不出彼此　水上水下双重茫茫
累断彩凤双飞翼　哪儿有彼此？

除了一颗心　鬼魂似的邀请
离乱的美学　李商隐钻出又一个浪
李河谷预约了油漆拍碎的归来的
死　我们的重逢也造好了
和自己告别是每一刹那的事
译成风的无辞歌是同一刹那的事

夜的无题诗　夜夜美艳
那会流淌的银子　涂掉流过的痕迹
非模拟皮肤上一片爱恋的光泽不可
推开情人的触摸　一个躯体
渗漏进另一躯体　航向
不可能的　刺耳的　肉欲的　深

鬼魂作曲家早已设定的结构
非模拟水不可　一丛水薄荷
清清的苦　苦苦的香

非完成整个存在不可　船和人

诞生就是诗的隐喻　诗祭奠

仍是一次手牵女萝终古交尾的隐喻

我们都在　一篇

王梦过就再也难忘的长赋中

被加工成一朵云之聚散

一群星之起落　楚天上纵横

做爱的轨道迷醉于精液芬芳之蓝的

音　乐　会

＊＊＊

录引李商隐诗：

有感（非关宋玉有微辞）

楚吟

无题四首·其一（来是空言去绝踪）

落花

代应二首·其一（沟水分流西复东）

房中曲

水天闲话旧事

楚宫（湘波如泪色漻漻）／嫦娥

第三部
哲人之墟：共时·无梦

（小快板）

置换之墟

暴风雨掷过头顶　航班又一次取消
窗外竖起的海面　数着
玻璃上坠毁的碎石声
时刻表无尽拉长一个此刻
尖尖翘起的停飞的机翼
抖动时速八十英里的候机室
如忧郁症抖动一个女孩儿

一只等候的小沙发陷下
不多不少现实的深度
读完一本小说需要不多不少
晚点的生活的语速　一排巨浪
撞碎　让你从一根试管中窥望
一场万云澎湃的绝望的化学反应
水泥跑道孤零零滑翔

天空黑暗审视的眼神下
女孩儿舔着药味的唇

你舔报废的瓢泼的
方向　砸着岸
一个坍塌在躯体中的重量
析出耳畔失重的声音
"改期还是退票，先生？"

银之墟（一）

一只瓶比爱的转折快　带走
细心镂刻的雾霭　密林　山岫
沿着小径　溪水向下　你向上
都是视线的游戏　擦亮流淌

甚至不留下流淌的痕迹
比白昼快　那修饰你腰肢的力
拉紧黑暗天空中那些星子
隐居的云海闪闪烁烁满是词

挂在你小屋前　五六只雨燕
缓缓生锈　把世界再遗弃一遍
每天醒来的作品　肌肤如银
空茫海水下空置的岩石都如银

听　远古的首饰匠叮叮锤打
你回避　比被捧出更像一朵花

金属沉入废除一生的假寐
废正是意义　坠着金色的耳垂

瓶抖开光的璀璨瀑布
一道小径排练冲刷声的歌剧
溪水白亮亮向下　昔日在臆想中
你摘掉自我向上　一种抒情

云一样高　漫过对面的山脊时
历史一无所求如逆向的性欲
轻拂这瓶　比镌刻的西风薄
你忘了身上滑落过多少颜色

银之墟（二）

山花野果要什么名字？她说
她抬起眼睛　三十年前的清波
漾着香　取代花蕊那缕香
山之蕊　一瓣瓣剥开诗行

眺望中仍未完全变黑的下午
夜还在收紧悬崖　临风处
一潭水泛起暗色满浸寒意
从脚下　把你驱逐进一点余晖

认识的反面银光闪闪
擎着针　扎穿鸟鸣奔逃的蓝
深处亮起的灯火剜去山字
骨髓里阵阵疼剜去冷字

而银不是字　是挽紧发髻的空
山气弥漫中她的眼睛
山路般陡峭　一双麻鞋
留一枚让你无尽抽丝的茧子

抽　一种不得不爱上的阴柔
摩擦粉红色　哦一个隘口
要什么名字？裸露隐匿都是美
偃月冠下一世界阅读不尽的美

一声反问来自满枝如雪的花朵
折断三十年　那儿没人说
断的香　爱你就性你　百万次
死过的名字都这样成为真的

银之墟（三）

慵懒的枪倚在唇边
睨视　一株汗腺浸湿的水仙
细细的狐狸味儿被追捕到底

是不屑逃走的味儿　轻抚醉意

枪口似的几乎睡着了
袅袅的玩具轻烟　玩具般扫射
一缕亲手包裹成行李的体香
一把杀生的雪　杀　他的远方

墨就是雪　一对锦绣书童
合穿一件夜行衣　诗是征程
两片月色护着他的万里外
和你的阳台　一朵云的迷彩

给一扇纸窗安上诀别夜
无所谓错的方向　让嗅觉
倚着你体内人生唯一的方向
"心疼"那个词　一声枪响

你终是没有忘　而他炫目
如背对阴阳的挺立的干尸
唇间天涯镇快递一根仙草
到酒乡　血淋淋吻　血淋淋笑

血丝儿沁的汗意射穿那人
秋　啊　秋凉最适养心
枪口滑落　雪　潜望着归来
读懂世界那滴墨　躺进洁白

哲人之墟

他们可能只不过在谈论山羊
缓缓嘬一口茶　浓了暮色
连成一片的松针上漂着月亮

松香味儿的大树稳稳撑着
四合的山影　泼掉一日鸟声
一张青石凳反锁游客

谛听中　他们被口音剔净
一只瓷茶杯沉淀如玉的远方
轻轻放下时仍温润而透明

锡拉库札诗群：生之墟

一

等在终点上的雨也锤痛起点
大港深邃如耳廓　防波堤迎向
青铜镶嵌的雨声　旅馆窗台下
溅开的绣花披肩围着秀丽的肩膀
一种拨动石头流淌的雕刻艺术
还给大海时　等在浪花中的乳房
向你突起　雨织入款款的衣褶

一件灰白沉思的袍子从窗口
覆盖到床上　让睡眠不停出海
听到你　一点点漏出古老的梦呓

二

雨线的铁链从天而降　扣紧
语言　你加速储存的漆黑自我
四月的石壁上又一柄凿子
加深囚徒们绝望抓出的指痕
床还在这儿　你肉做的石坑
囚禁着哭喊　说出就在追逐潮水
写　海藻中沉船就深深起伏
又一朵锁在追悼上的浪碎了
又一座胜利纪念碑踩着磷光返航
任何语言里四月都是断壁残垣

三

但你得自己走一次　淋湿一次
感受一个夭折的胎儿像海豚潜泳
绕过珊瑚一点点融入海水的墨绿色
一百三十六天暴露袖珍的女儿
一颗谢绝成型的小心脏解散成
波纹的弧度　一绺黑发甜甜改编
不透明的历史　大海碧蓝的砖缝间

有只蜥蜴金绿色的眼珠返回

用最小瞪着最大　眺望的海面

把世界像条多余的尾巴一口咬掉

四

在雅典　诗人帕特里求斯呻吟"够了"

公元前四二三年的雨对头颅够了

噩耗的颈椎断了　大理石的巢

弃置松针间　惨白溃烂着思想够了

祭坛上公牛屠宰前阵阵哀鸣

刺激春草　死者发苦的清香

为了谁又挂满旅游手册的枝头？

咽喉埋进电喇叭能抚慰什么？

希腊语的眼窝里海是一把干透的

尘土　太痛苦了　别折磨亡灵了

五

但你的亡灵在身上不安波动

锁着划桨的蓝像只开屏的孔雀

比绝壁高一点　比历史高一点

亮晶晶填充坠毁一滴雨的重量

一个胎儿和七千拍卖的奴隶列队

比沙石小径低一点　更低

哭声从地下握住趿着凉鞋的脚

你雕成一个拼命仰望的样子服刑
蓝远得像家　海底无限沉溺
一滴雨落了千年还没触到你的脸上

六

一场锡拉库札的雨混淆了时间
在书中下　组成文笔冷冷下
你眼中总有座在移开的雕花窗台
带着墙头濡湿红艳的蔷薇
那裸露双乳的女人迎面走过
残破的字虚掩一团怯生生的肉
时间打着皮肤而你躲进器官
茫然打着器官而你躲进狂想
漆黑的石柱打着大海　看清一声
"啊"　它新月般悬挂着复活

七

远眺发明几何学　女儿隐身瞧着
你脚下踢起的石头　一次死
翻开人的灰烬　一条石车辙踅入荒草
翻找一个耸立在暗处的字母
无声爆发的哭声进驻女祭司的火把
带你走过一条街　橙子树的香气
缝合血和沙　沉船和燕子　女儿

跳跳停停的心复述一篇演讲词

另一个黄昏从地貌中拧出紫色

书边滑落的手指　轻易掠走一切

八

就这样拨动大理石起伏的海涛

就这样房间里雨声彻夜响

挽歌　挽着女儿怕出生的性

就这样岸夹紧噩耗滚烫的钳子

灯下读到一支大军走投无路

宿营的篝火倒映仔细策划的

仔细忘却的　云和风的圆形剧场

录制婴孩身上嚎啕的蜜蜡色

活是一次看不见的展示　她

来过　手中牵着一大群消失

九

每个词都在不该在的地方　怀揣

自己的裂缝　每个词汪着眼泪

不流　才描出早已流尽的干枯

每张石头脸颊下建造着石牢

偷听刀砍似的爱　不该滋生的爱

你身上的裂缝不该蔓延时蔓延

到海上　再次孵化成有张小脸的

蓝　拍打一首刚刚入睡的诗
每个词在雪白折页间亮晶晶的
该结束偏偏成为你开始的理由

十

每一百三十六天大海裂开一次
雨滴的小孔中能窥见白白的卵
选用这周期　荡漾的血味儿
不让你心里那道悬崖安息
选用一只射穿风景的海鸥
像个滚着花边扑上码头的女孩
劫掠父亲　锡拉库札窗台下
每一百三十六天大海停顿一次
屏住　又松开　不可能的呼吸
无限冷的雨声终究无限温柔

一次石雕上手提净瓶的漫步

废墟浮上嘴角　一首诗
续写石头的信　一根食指
钩住不奢望寄走的水声

阳光暴晒的山坡上
你腋窝酥软　忘了闲置过

第几个向海行走的一千年

你雪白的瓶子里盛满了铀
第几次倒空被发明的海
浑身血脉盯着那瓶口

变得更美　为对抗那瓶口
刺眼的蓝等在大理石柱廊尽头
激情的残疾　来　毁了再来

一首诗怀着裂变亭亭玉立
一串幽暗的心跳像脚印
原地蹚过　恍若最后的

一步踏入石头的最初
半裸的肩膀下栖着燕子
飞来叫眼泪　飞去叫欢快

你的爱仍然静静卡在正午
修饰你的爆炸　玲珑地
提着所有的字

恍若雪的存在——完美之诗

整座雪山微微旋转　当你的脸

每秒钟更埋入诀别的幽暗

远离阳光像远离一场诬陷

说　你暂停过　爱过　雪映蓝天

有过置换的主题　继续玩味

你肉里吱吱叫的白色沙子

一片云玲珑寒意的袍子

水做的女道士　抹掉自己　恰似纵欲

水中拆毁的表情　亮晶晶聆听

冰川磨尖的爪子在爬动

一只苹果里盗墓者的洞

偷运死之甜　你的空茫　最后的激情

更醉心　雪花的拂尘

拂拭一个没有你的早晨

雪白的麻鞋踩出雪线那行脚印

更高　鹰叼起人类的肠子　啄碎的心

不怕总在路上　你的狂想

剥离你生存的形象

听　器官慢慢说谎

编造　雪崩的辞　越落不到地面越嚣张

白茫茫的虚构　照耀你的结构

冷晶莹绽开在你身后

发育雪的绕指柔

毁啊　一首诗平行于怒云　烟岚　湍流

都是变的　一杯茶的漩涡

搅动那么多海拔那么多

记住的　却并非你的干渴

一滴墨不是蓝色　不是黑色　是金色

书写名字的大雪

你滑坠的草坡无限阴绿

你手上的绷带一直湿漉漉缠着

一场跋涉　置换成记忆　不奢望终结

知道　水之道

就是洗净肌肤　把美准备好

放弃给你爱的　那高潮

哪管渗漏的是谁　璎珞　纷纷洒扫

把覆盖你的白　炼制为

此刻暴露你的白

递增非人的完美

说　恍若　仅仅恍若　雪的　存在

思想面具（一）

必须拧亮那盏灯　让侧光
斜射进屏住呼吸的白
一块石膏里溺死的白

必须复活于影子
斜斜描摹一场被驱逐的雪
驱逐进房间里　你的安详

有呛人的味儿　捏制一枚
尖尖拱出平面的精巧的鼻子
嗅着乡愁　最香的暮色

从死鱼一边稳稳升起
像座迫使绿色海浪显形的航标
打湿一盆盆全速航行的花草

照耀眼睛只为刺瞎眼睛
钙化的耳朵一举省略掉耳朵
一张脸内脏般藏起思想

把深陷的　易碎的窗口
挂在霜红的枝叶间　拆散人生
那涸开的依托着空气的花朵

思想面具（二）

世界为影子忙碌　雕刀
刮掉墙上水蜜桃娇艳的颜色
给灯笼安进火苗

一边是减法　关掉星期天
作品就在阳光中剜出空洞
一边相加　成群的黄蜂

蜇疼成群冷凝在石膏上的
肮脏指纹　你潜藏的影子
逼你发育肉　颧骨　牙　躯体

一边坍塌在无情地构思
一边堆积尖叫　石质的神经
再崩裂就成了无声的　你

低垂眼帘　谨守墙的秘密
守着自己震耳欲聋的心跳
什么也不说　像利刃

于是语言辉煌地说出
一件雕塑无限趋近人形的
不真实的美

思想面具（三）

漆黑的羽毛把翱翔变成静物
面具刷新你和我的猖狂
戴着说　自由　但是假的

诗句　制作一个燕子们的下午
眼睛　盯着黑手套托起柠檬
明媚是一种公共的耻辱

戴着说　歧途　但酷爱着
蓝色清洁剂清除的鸟儿的残迹
两个人之间唯有爱的歧途

能映照彼此　把自己
虐待进孤独的天堂里去　观赏
一阵呼啸中沦为静物的北风

戴着落叶与河水　说
测量一场天边积蓄的大雪
用内心珍藏的黑暗彼此对位吧

倒扣在无所不在的墙上
一堆羽毛慢慢腐烂　耳鸣中
一座鸟鸣博物馆象征地活着

思想面具（四）

死海豚侧着眼张望人的镜头
一枚清澈的小黑窟窿　好奇
借来的存在多么放肆

借来五颜六色的盐的几何学
雕一朵大教堂的奇花
雕出的脚步　粘进咸咸的甬道

一股嗅觉像鬼火引我们游荡
一对腌制的性别固定大海
肉欲的　保鲜的性质

唯一该问　还有人能问吗？
当月光也像谎言的矿物被开采着
当谎言　已成熟为一种激情了

唯一该感到那只死海豚
仍按在岩层里　拍打　某张脸
自幽深处喷出雪白的雾气

满房间失重的瓷器　尾随
你胸前甜蜜摇荡的导航仪
一路碎裂声正是谢幕的艺术

思想面具（五）

返回蝴蝶般精巧扇动的鼻翼
嗅　空气中持续赋予
持续散开的形式

返回一只花园中翻飞的老虎
穿上它不认识的名字
世界就绘满金黄的斑纹

涓涓流去时也涓涓流回
你不认识陶土的形式
却认出一只埙酿造千年的醉意

那翅膀的形式　落进落日
敷到嘴唇上的深紫色　蝴蝶
认出杜甫吧　够惨痛　必须够美丽

脸的形式　遭遇
一只鸟俯冲的形式　高高挑起
黑　蓝　绿　被激怒的羽毛

一阵毛茸茸的语法中
愤怒的花朵赢得了大选
爱只爱消融在纯粹道德中的你

思想面具（六）

窗口的造型鲜明如造物
嵌着一阵扫射玻璃的冷雨
嵌着站在窗台上摇摇欲坠的孩子

都是面具　石膏的玄思
用影子逼你现身　你
拧亮斜射的灯逼黑暗现身

肯定一场雪盲症　不停
把窗外弥漫的景致移到窗内
孩子绷紧的粉红色地平线

浸透不可能更空的奶味儿
喂养纷纷洒落的家庭的粉末
鲜嫩的脸涤净至零

什么也没做　世界已经变了
一块雪白的平面外无须别的葬礼
留给杰作的只是芳香

这房间悬在到处的海底
听见孩子的月光嘎嘎开裂
每一夜被抚摸成虚拟的石头

鬼魂作曲家——自白

一切始于一次性交
当日子不多不少是一场剥光的仪式
当一个人剥光得连年龄也不剩
乐曲　直指子宫里的嫩

血红压低的穹顶　忍着一枝蕊
既像梅花又像槐花
没完没了扫得你爆炸

　　我藏在手指背后　音符背后
　　弹起　又按下一枚水鸟的琴键
　　拆卸光年的机器

　　我藏在一个过不去的昨夜背后
　　听　黑暗追问一道狂暴推移的极限

全部乐谱只等待一盏灯
支起望远镜　细细勘测一张旧照
翻开相册的时候就是知道
你不会回来的时候　而抚摸
贴紧毁灭已经发生的心境
透视白的下颌　白的眉骨　白的唇
一个家庭在射线中繁衍成负数
最色情时子宫彻夜醒着　吻合

我贯穿星际的秘密爱你的仪式

    我藏进演奏寂静的力　擎着大海
    想怎么蓝就怎么蓝的形状
    噩耗想怎么扩散就怎么扩散

全部黄昏的房间总是相册里
最后写满　最后撕下的那一页
童年的口音掏空扔过窗口的云
相爱的口音淋湿抓紧地面的落叶
每条街带着自己的口音　加入
行走　被放弃的死者使一个梦更嘈杂
你坐在幽暗中听　清　疼痛
那不能分解的化学向内卷曲
一枝梅花艳艳涂写
一枝槐花瞪视漏下的明月

    没别的结构除了声音之间的停顿
    比声音更刺耳　没别的宇宙
    除了锁在皮肤下索索发抖的大爆炸
    听觉加速时　躯体无限推迟
    我藏进一次黑暗中绝望的射精

    射入假想成胎儿的现实
    从未真的存在因而加倍剥夺你
    没别的调性除了彻底抹平的肺活量

像个墓碑上移动的字

彻底　呈现被向往的哑默

一件事

仅仅一件　在回头看的眼睛里

仅仅一片茫茫　却

遮住一瓶酒摇出的风景

你跳伞到爸爸门口时　一百公里高空

冷凝的叫卖声正摊开北极光

电视上雪橇疾驰　满载五颜六色的衬衫

你的衬衫里　五颜六色的火

放养一头怦怦跳荡顶撞青春的鹿

爸爸的室内北极光飘动

缤纷的冰雪坐在一起只感到那飘动

飘了一百年　回头还堵在尽头

某个血缘悬在针叶林上方　衔着

你的尾　蘸进夜里墨迹淋漓

你的角　嵌成天空的婴儿车

傻样的歌声把一顿晚餐还原为紫色

坚信听到北极光的响声

不分季节地说　别了

狼眼中霓虹粼粼的河水

不停拆下一块地平线的荧光屏

没人走出孩子这件事

敲定聋了的天文学那件事

模仿你傻笑　喷出五颜六色的哈气

一次叙述

你从不后悔跫入错误

一种明晰一种美　词是错

无词　就再错一次　窗台

摆上一排悲鸣的雁　蓝的鞭子狠狠抽

空间那朵茶花

雕琢成洗劫的力　比负数中

玲珑的倒影更有力

李河谷沼泽的眼窝里一滴实心的泪

镀了月光　一块琥珀沉吟成人形

爱上爱情也爱上厌倦

迎着负星座　呼吸节拍器一次性作曲

什么不是书？又冷又亮
一把秋空的镰刀割下满地落叶
割掉山喜鹊跳来跳去的自恋

哪本书不是花瓣那本？飘零
就把你引渡进爸爸的泥泞那同一本？
浸染在风里　鱼腥味儿的负颜色
篡改哮喘的大海

　　　　听浪拍打　本来该这样
你写的不多不少粉碎成你是的
你是你的变幻　说出的都是真的
吸进肺里的雨仍深深下　越下欠得越多
压坠红艳的露珠　刷新被眺望的活
云　飘过茶花的内脏
发育成自己孤独的祖国

一抹颜色

噩梦中的人加速度迸发呼喊

这里的蓝想变就变黑　这里
绿一刹那分解成金黄和银红

谁的奢华的意志　拒绝你醒来

掼出你

这里的蛇皮像填满白垩的花园一样
蜕掉　这里月光孵出一株水仙
颜色俯吻你　颜色丢弃你

没人能摸到这世界时　你床头歪着
童年　像朵云重重砸在头上

噩梦中的人擅长最柔软的抒情

去抵消一生无色的化学
只要嗅　海就是幸福的瞎子
只要听　树枝就从天空到内心挂满哨音
这里没什么可背叛　因为臆想就是颜色

松开你

一只狗眼中昏暗的影子始终真实
你两岁已画下一枚漏尽鲜血的水仙
锯齿形的早晨挣扎在蛹里

噩梦中的人像蝴蝶炸开自己

一种声音

听女道士柔柔的笺揉碎你的桃花
听井汲取火　说自己的方言

名字里的墨　滴进雾散后那滴墨
星星的音乐会加上回声的纵深

你一转身隐入天边的象征

把接吻留给背后黑黝黝的小旅馆
重播的孤独拨动七根弦的世界
流星的逍遥似曾相识

把舌头温柔地顶进耳鼓　这峭崖
录制耳鸣锐利的　伫立的频率
消散的诗意　一艘飞船

无生命的字骑上星座改变你的生命

那首渐渐长成的爱情诗
呼吸着此刻总过于清冽的大气
一片被唤作墨的夜空堆满了雪
一场雪剑一样抽出　吟诵中
剑锋抖落覆盖群山的晶莹的粉末

没别的方言除了爱　刚刚做的
渗出泪　翻过又一年

又凭空辨认出　从远方荡回的
同一次高潮迸发的喊声

一点倒影

母亲死后三十三年才生出惊人的美
你书桌上小小的蜡烛在送信
小小的祭坛用黑暗为她描眉

烛光摇摇欲坠了三小时
一张脸嵌进金鹧鸪　笑看房间
圣家族挪用的三小时

血肉微微浑浊的空气中疾驰而过
历史借走的　夜色还回的

绿油油的水仙旁她仍埋头织着毛衣
三十三年　针本身拧成死结
一间记忆的温室测不出温度
金鹧鸪冻僵的金色　打造娇嗔的首饰

佩戴在黑暗上　借一盏烛台梳妆

谁全然冷漠才陪你共同度过时间

让一个人更突出家的主题
让死亡像个新家　倒映挤坐着的
红颜　俯视你时剑刃一一劈下
母亲非物质的光慢慢图画到你脸上
抽象成三小时　痴痴潜入海底

每天的周年　你爱上那因为爱
已全然成为你自己的美

空书——火中满溢之书

每一刹那是一张簇新的白纸
许多年　一个漫长移动的句子
写下了什么？你是一根铜弦
揉啊　幽咽中投入火的手指
贴近审视宇宙那撤走的宴席
唱和着什么？一部组装的音乐
组装出寂静　火舌明艳地指挥

　　你脸颊上的温度　你的心跳
　　暴露咽喉下死过两次的月色
　　如雪坍塌　如乱伦的幸福的征兆

你的知音就在一行诗句中藏着
火　自焚的玫瑰　总定格
于将将烫伤时　将将在手边
嗅到历史的焦煳　烟袅袅拂过
擦拭一个人里无数人的天际
无数水面是一本书　玫瑰色
被天鹅溅落的脚蹼装订成暮色

　　一只青瓷天球瓶宁静又狂暴
　　用波浪形的耳廓盛满聆听
　　你的扬扬挥洒　你咳嗽的同谋

相遇　在一抹流水上命名
相忘　你们彼此为焰　为镜
为期待　拈出一枚深怀的蕊
墨汁做的半人半鬼的空
无论多远都让你们拥抱取暖
瘦瘦的火中　每首诗将将开屏
完成一只孔雀震颤的表情

　　烛照　一根琴弦上俯身的韵脚
　　向日葵金黄撕碎的语言
　　毁得美一点　唯一的必要

唯一的倒计时只演奏一种思念
给谁呢？一首挽歌中满满

溢出这人称　借用你的第一天
一个炼字　提纯可怕的界限
反复熔铸的词性肯定更可怕的无限
唱着血肉　唱着灰烬　黑得不做梦
炼　亲密约定最后一天

　　　两次来到
　　　洗劫后的洁净　月光的幽咽
　　　缕缕幽香　让你听你在逍遥

2005—2009

陈先发（1967—）

安徽桐城人，1989年毕业于复旦大学。著有诗集《春天的
死亡之书》（1994）、《前世》（2005）、长篇小说《拉魂腔》
（2006）、诗集《写碑之心》（2011）、随笔集《黑池坝笔记》
（2014）、诗集《养鹤问题》（2015）、《裂隙与巨眼》（2016）、
《九章》（2017）、《九章》（中英文双语版，2018）等。曾
获奖项有鲁迅文学奖、华语文学传媒大奖、十月诗歌奖、
十月文学奖、1986年至2006年中国十大新锐诗人、2008年
中国年度诗人、1998年至2008年中国十大影响力诗人、首
届中国海南诗歌双年奖、首届袁可嘉诗歌奖、天问诗歌奖、

中国桂冠诗歌奖、2015年桃花潭国际诗会中国杰出诗人奖、陈子昂诗歌奖、安徽文学奖、扬子江诗学奖、安徽省社会科学奖（政府奖）一等奖等数十种。2015年获得中华书局等单位联合评选的"新诗贡献奖"。作品被译成英、法、俄、西班牙、希腊等多种文字传播。

长诗篇目

《白头与过往》（2007）

《你们，街道》（2007）

《口腔医院》（2008）

《姚鼐》（2008）

《写碑之心》（2010）

长诗观

一首好的长诗必须有力量融此三者为一炉：即在整体面貌上的"史学气质"、语言运动的丰富性和思想构成的多向性、诗中存在一个内在的递进空间这三者上达成一种危险而微妙的均衡。

写碑之心

宽恕何为？

——特拉克尔 (Georg Trakl，1887—1914)

一

星期日。我们到针灸医院探视瘫痪在

轮椅上的父亲——

他高烧一个多月了，

但拒绝服药。

他说压在舌根下的白色药丸

像果壳里的虫子咕咕叫着……

单个的果壳

集体的虫子，不分昼夜的叫声乱成一团。

四月。

他躲在盥洗间吐着血和

黑色的无名果壳的碎片。

当虫子们，把细喙伸进可以透视一两处云朵的

水洼中，

发出模糊又焦虑的字符，

在家乡，

那遥远的假想的平面。

是的，我们都听到了。儿女们站成一排，

368

而谵语仍在持续：
他把窗外成天落下鸟粪的香樟树叫作

　　"札子"①。
把矮板凳叫作"囷"②。
把护士们叫作"保皇派"。
把身披黑袍在床头做临终告慰的

　　　　布道士叫作"不堪"。
把血浆叫作"骨灰"。
把氧气罐叫作"巴萨"③。
这场滚烫的命名运动，
让整座医学院目瞪口呆。
他把朝他扑过来的四壁叫作"扁火球"，
——"是啊，爸爸。
四壁太旧了。"
如果我乐于

　　吞下这只扁火球，
我舍身学习你的新语言，
你是否愿意喝掉这碗粥？
五月。
病房走廊挤满棕色的宿命论者。
我教他玩单纯的游戏度日，
在木制的小棋盘上。
他抓起大把彩色小石子
一会儿摆成宫殿的形状，一会儿摆成

　　　　假山的形状。
他独居在宫殿里

让我把《残简》翻译成他的语言
一遍又一遍念给他听。
我把"孔城④"译成"嘭嘭"。
把"生活"译成了"活埋"。
他骑在墙头，
像已经笑了千百年那样，懵懂地笑着。
六月。
傍晚。
我把他扛在肩膀上，
到每一条街道暴走。
在看不尽的蓊郁的行道树下，
来历不明的
霾状混沌盖着我们。
我听见
无人光顾的杂货店里抽屉的低泣。
有时，
他会冷不丁地嚎叫一声。
而街头依然走着那么多彩色的人。
　　　　那么多没有七窍的人。
那么多
想以百变求得永生的人。
霓虹和雨点令我目盲

二

死去的孩子化蟾蜍

剥了蟾皮做成灯笼

回到他善忘的父母手中。

老街九甲⑤的王裁缝，每个季节晾晒

一面坡的蟾皮。

从此，

他的庭园寸草不生。

楝树哗哗地发出鬼魂般的笑声。

河中泡沫也

在睡眠中攀上他的栏杆，他的颧骨。

——每年春夏之交，

我看见泡沫里翻卷的肉体和它

牢不可破的多重性：

在绕过废桥墩又

掉头北去的孔城河上。

它吐出的泡沫一直上溯到

我目不能及的庐江县⑥才会破裂。

在那里。

汀上霜白。

蝙蝠如灰。

大片丘陵被冥思的河水剖开。

坝上高耸的白骨，淤泥下吐青烟的嘴唇，

搭着满载干草的卡车驶往外省。

每日夕光，

涂抹在

不断长出大堤的婴儿脑袋和

菜地里烂掉的拖拉机和粪桶之上。

是谁在这长眠中不经意醒来？

听见旧闹钟嘀嗒。

檐下貔貅低低吼着。

丧家犬拖着肮脏的肠子奔走于滩涂。而

到了十一月末，

枯水之季的黄昏。

乌鸦衔来的鹅卵石垒积在干燥沙滩上。

一会儿摆成宫殿的形状，一会儿摆成

假山的形状。

我总是说，这里。

和那里，

并没有什么不同。

我所受的地理与轮回的双重教育也从未中断。

是谁在长眠中拥有两张脸：在被磨破的"人脸之下，

是上帝的脸⑦"——

他在七月，

默默数着死在本土的独裁者。

数着父亲额头上无故长明的沙砾。

他沿四壁而睡

凝视床头砥砺的孤灯

想着原野上花开花落，谷物饱满，小庙建成

无一不有赖于诸神之助。

而自方苞⑧到刘开⑨。自骑驴到坐轮椅

自针灸医院到

家乡河畔，也从无一桩新的事物生成。

心与道合，不过是泡沫一场。

从无对立而我们迷恋对立。

从无泡沫而我们坚信

在它穹形结构的反面——

有数不清的倒置的苦楝树林，花楸树林。有

　　　　　　　　　另一些人。

另一些环形的

寂静的脸。

另一架楼梯通往沙砾下几可乱真的天堂。

另一座王屋寺 ⑩

像锈一样嵌在

被三二声鸟鸣救活的遗址里——

多少年我们凝望。我们描绘。我们捕获。

我们离经叛道却从未得到任何补偿。

我们像先知一般深深爱着泡沫，

直至2009年8月7日 ⑪，

我们才突然明了

这种爱原只为唯一的伙伴而生。

像废桥墩之于轻松绕过了它的河水。

我们才能如此安心地将他置于

那杳无一物的泡沫的深处。

三

并非只有特定时刻，比如今天

在车流与

低压云层即将交汇的雨夜，

我才像幽灵一样从

众多形象，众多声音围拢中穿插而过。

是恍惚的花坛把这些

杜撰的声音劈开——

当我从小酒馆踉跄而出之时。

乞丐说："给我一枚硬币吧。

　　　给我它的两面。"

修自行车的老头说："我的轮子，我的法度。"

寻人启事说：

　　　"失踪，炼成了这张脸。"

警察说："狱中即日常。"

演员说："日常即反讽。"

玻璃说："他给了我影像，我给了他反光。

那悄悄穿过我的，

依旧保持着人形。"

香樟树说：

　　　"只为那曾经的语调。"

轮椅说："衰老的脊柱，它的中心

转眼成空……"

小书店里。

米沃什在硬邦邦的封面说："年近九十，

有迟至的醇熟。"

你年仅七十，如何训练出这份不可少的醇熟？

在这些街角。在这些橱窗。

在你曾匿身又反复对话的事物中间。

你将用什么样的语言，什么样的方式，

再次称呼它们？

九月。

草木再盛。

你已经缺席的这个世界依然如此完美。

而你已无形无体，

寂寞地混同于鸟兽之名。

在新的群体中，你是一个，

还是一群？

你的踪迹像薄雾从受惊的镜框中撤去，

还是像蜘蛛那样顽固地以

　　不可信的线条来重新阐述一切？

轮回，

哪里有什么神秘可言？

我知道明晰的形象应尽展其未知。像

你弄脏的一件白衬衣

依然搭在椅背上

在隐喻之外仍散发出不息的体温。

我如此容易地与它融为一体。仿佛

你用过的每一种形象——

那个在

1947年，把绝密档案藏在桶底，假装在田间捡狗屎的俊俏少年；
那个做过剃头匠、杂货店主、推销员
的"楞头青"；
那个总在深夜穿过扇形街道
把儿子倒提着回家
让他第一次因目睹星群倒立而立誓写诗的
中年暴君；
那个总喜欢敲开冰层
下河捕鳗鱼的人；
……
那个永远跪在
煤渣上的
集资建庙的黯淡的"老糊涂虫"——
倘在这些形象中，
仍然有你。
在形象的总和中，仍然有你。
仍有你的苦水。
有你早已预知的末日。
你的恐怖。你的毫无意义的抗拒……

四

又一年三月。
春暖我周身受损的器官。
在高高堤坝上

在我曾亲手毁掉的某种安宁之上

那短短的几分钟

当我们四目相对，

当我清洗着你银白的阴毛，紧缩的阴囊。

你的身体因远遁而变轻。

你紧攥着我双手说：

"我要走了。"

"我会到哪里去。"

一年多浊水般的呓语

在临终一刻突然变得如此

清朗又疏离。

我看见无数双手从空中伸过来

搅着这一刻的安宁。

我知道有别的灵魂附体了，

在替代你说话。

而我也必须有另外的嗓子，置换这长子身份

大声宣告你的离去——

那一夜。

手持桃枝绕着棺木奔跑的人

都看见我长出了两张脸。

"在一张磨破了的脸之下，

还有一副

　　　　谁也没见过的脸。"

乡亲们排队而来，

每人从你紧闭的嘴中取走一枚硬币；

月亮们排队而来，

映照此处的别离。也映照他乡的合欢之夜。

乞丐，警察，演员，寻人启事，轮椅，香樟，米沃什排队
而来，

为了蓝天下那虚幻的共存。

生存纪律排队而来，

为了你已有的单一。和永不再有的涣散。

儿女们排队而来，

请你向大家发放绝句般均等的沉默吧。

还有更多哭泣与辨认，

都在这不为人知中。

我久久凝视炮竹中变红的棺木。

你至死不肯原谅许多人

正如他们不曾

宽宥你。

宽宥你的坏习惯。

再过十年，我会不会继承你

酗酒的恶习？

而这些恶习和你留在

      镇郊的三分薄地，

会不会送来一把大火解放我？

会不会赋予我最终的安宁？不再像案上"棒喝"

获得的仅是一怔。

不再像觉悟的羊头刺破纸面，

又迅速被歧义的泡沫抹平。

会不会永存此刻

当伏虎般的宁静统治大地——

皓月当窗如

一具永恒的遗体击打着我的脸。

它投注于草木的清辉，

照着我常自原路返回的散步。

多少冥想

都不曾救我于黑池坝 ^⑫ 严厉的拘役之中。

或许我终将明了

宽恕即是他者的监狱，而

救赎不过是对自我的反讽。

我向你问好。

向你体内深深的戒律问好。

在这迷宫般的交叉小径上。而轮回

哪里有什么神秘可言？

仿似它喜极的清凉可以假托。

让我像你曾罹患的毒瘤一样绑在

      这具幻视中来而复去的肢体之上。

像废桥墩一样绑在孔城河无边的泡沫之上。

2010.3

注释

① 安徽中部地区农民对锨干草的铁叉的习称。

② 音 piān。此处仅作象声词。

③ 音 bā sa。此处仅作象声词。

④ 安徽桐城的南部古镇，作者家乡。其历史可追溯到先秦

时期。春秋中期，为楚属附庸桐国的军事要塞。三国时，吴将吕蒙在此屯兵筑城，历隋至唐渐成水镇雏形，北宋时为江北名镇。明清乃至民国处鼎盛时期。

⑤ 孔城老街商铺基本以甲为单位。

⑥ 安徽中部县名，与孔城接壤。

⑦ 美国垮掉派诗人格雷戈里·柯索（Gregory Corso，1930—2001）诗句。

⑧ 方苞 (1668—1749)，清代散文家，为作者家乡前贤。著有《望溪先生文集》。

⑨ 刘开（1784—1824），清代散文家，为作者家乡前贤。著有《刘孟涂诗文集》《广列女传》《论语补注》等。其故居与作者旧居仅隔五十米河面相望。

⑩ 毁于清末的桐城古寺名。

⑪ 作者父亲离世忌日。

⑫ 合肥蜀山区境内小湖名，作者现居其岸。

吉狄马加（1961—）

彝族，生于中国西南部最大的彝族聚居区凉山彝族自治州，
是中国当代最具代表性的诗人之一，同时也是一位具有广
泛影响的国际性诗人，其诗歌已被翻译成近三十种文字，
在世界几十个国家出版了七十余种版本的翻译诗集。曾获
中国第三届新诗（诗集）奖、郭沫若文学奖荣誉奖、庄重
文文学奖、肖洛霍夫文学纪念奖、柔刚诗歌荣誉奖、国际
华人诗人笔会中国诗魂奖、南非姆基瓦人道主义奖、欧洲
诗歌与艺术荷马奖、罗马尼亚《当代人》杂志卓越诗歌奖、
布加勒斯特城市诗歌奖、波兰雅尼茨基文学奖、英国剑桥

大学国王学院银柳叶诗歌终身成就奖、波兰塔德乌什·米钦斯基表现主义凤凰奖。创办青海湖国际诗歌节、青海国际诗人帐篷圆桌会议、凉山西昌邛海国际诗歌周以及成都国际诗歌周。现任中国作家协会副主席、书记处书记。

长诗篇目

《大河》

《黑色狂想曲》

《雪的反光和天堂的颜色》

《嘉那嘛呢石上的星空》

《我们的父亲》

《我，雪豹……》

《致马雅可夫斯基》

《献给妈妈的二十首十四行诗》

《不朽者》

长诗观

当下长诗的写作似乎已经形成了一种热潮，但说实话对这种现象我始终抱有某种警惕，因为二十世纪以来长诗的写作给我们带来的启示和思考无疑是很多的，但真正从文本以及诗歌所达精神高度的长诗而言，这方面的经典佳作其实也是屈指可数的，我以为长诗最难的是结构问题，现在市面上的长诗大都是短诗的合成，这些所谓的长诗中缺少一种内在的气韵。艾略特的长诗《荒原》、聂鲁达的《马楚·比楚高峰》、帕斯的《太阳石》、帕索尼里的《葛西兰的骨灰》以及扬·里佐斯的《希腊人魂》，都是长诗中光辉的典范，或许可以这样说它们都是后来长诗写作者，必须认真谦恭学习的榜样。我以为任何时候长诗的写作，不仅仅是有更大容量和内容的需要，而是因为这一内容和容量有其内在的联系，这种联系更像是一种精神上的内在联系。需要说明的是，我在这里所说的内在的联系，与历史上那些伟大的英雄史诗和创世史诗是不同的，比如古希腊史诗《伊利亚特》《奥德赛》，比如我们彝族的创世史诗《勒俄特依》《阿细的先基》等等，甚至于我说的长诗还不同于现代希腊诗人卡赞·扎斯基的《新奥德赛》以及圣卢西亚诗人沃尔科特的《奥墨罗斯》，这类长诗更接近于对时间和故事的叙事，当然其哲学性和抒情性同样表现得极为精湛，尽管这样，用这样的方式再去写此类的长诗是否合适就很难判定了，因为我始终认为诗歌之所以不同于小说，是它无论在任何时候都处在语言疆域的顶端，也正因为这样诗歌所承担的任务就是不断地向人类精神的喜马拉雅发起冲锋。最后，我要说的是，任何所谓长诗的写作都需要创新，因为只有创新才会给我们带来所谓内容、形式和语言的一个又一个奇迹。

我，雪豹……
——献给乔治·夏勒 ①

1

流星划过的时候

我的身体，在瞬间

被光明烛照，我的皮毛

燃烧如白雪的火焰

我的影子，闪动成光的箭矢

犹如一条银色的鱼

消失在黑暗的苍穹

我是雪山真正的儿子

守望孤独，穿越了所有的时空

潜伏在岩石坚硬的波浪之间

我守卫在这里——

在这个至高无上的疆域

毫无疑问，高贵的血统

已经被祖先的谱系证明

我的诞生——

是白雪千年孕育的奇迹

我的死亡——

是白雪轮回永恒的寂静

因为我的名字的含义：
我隐藏在雾和霭的最深处
我穿行于生命意识中的
另一个边缘
我的眼睛底部
绽放着呼吸的星光
我思想的珍珠
凝聚成黎明的水滴
我不是一段经文
刚开始的那个部分
我的声音是群山
战胜时间的沉默
我不属于语言在天空
悬垂着的文字
我仅仅是一道光
留下闪闪发亮的纹路
我忠诚诺言
不会被背叛的词语书写
我永远活在
虚无编织的界限之外
我不会选择离开
即便雪山已经死亡

2

我在山脊的剪影，黑色的

花朵，虚无与现实
在子夜的空气中沉落

自由地巡视，祖先的
领地，用一种方式
那是骨血遗传的密码

在晨昏的时光，欲望
就会把我召唤
穿行在隐秘的沉默之中

只有在这样的时刻
我才会去，真正重温
那个失去的时代……

3

望着坠落的星星
身体漂浮在宇宙的海洋
幽蓝的目光，伴随着
失重的灵魂，正朝着
永无止境的方向上升
还没有开始——
闪电般的纵身一跃
充满强度的脚趾

已敲击着金属的空气
谁也看不见，这样一个过程
我的呼吸、回忆、秘密的气息
已经全部覆盖了这片荒野
但不要寻找我，面具早已消失……

4

此时，我就是这片雪域
从吹过的风中，能聆听到
我骨骼发出的声响
一只鹰翻腾着，在与看不见的
对手搏击，那是我的影子
在光明和黑暗的
缓冲地带游离
没有鸟无声的降落
在那山谷和河流的交汇处
是我留下的暗示和符号
如果一只旱獭
拼命地奔跑，但身后
却看不见任何追击
那是我的意念
已让它感到了危险
你在这样的时刻
永远看不见我，在这个

充满着虚妄、伪善和杀戮的地球上
我从来不属于
任何别的地方！

5

我说不出所有
动物和植物的名字
但这却是一个圆形的世界
我不知道关于生命的天平
应该是，更靠左边一点
还是更靠右边一点，我只是
一只雪豹，尤其无法回答
这个生命与另一个生命的关系
但是我却相信，宇宙的秩序
并非来自偶然和混乱
我与生俱来——
就和岩羊、赤狐、旱獭
有着千丝万缕的依存
我们不是命运——
在拐弯处的某一个岔路
而更像一个捉摸不透的谜语
我们活在这里已经很长时间
谁也离不开彼此的存在
但是我们却惊恐和惧怕

追逐和新生再没有什么区别……

6

我的足迹，留在

雪地上，或许它的形状

比一串盛开的

梅花还要美丽

或许它是虚无的延伸

因为它，并不指明

其中的奥妙

也不会预言——

未知的结束

其实生命的奇迹

已经表明，短暂的

存在和长久的死亡

并不能告诉我们

它们之间谁更为重要？

这样的足迹，不是

占卜者留下的，但它是

另一种语言，能发出

寂静的声音

唯有起风的时刻，或者

再来一场意想不到的大雪

那些依稀的足迹

才会被一扫而空……

7

当我出现的刹那
你会在死去的记忆中
也许还会在——
刚要苏醒的梦境里
真切而恍惚地看见我：
是太阳的反射，光芒的银币
是岩石上的几何，风中的植物
是一朵玫瑰流淌在空气中的颜色
是一千朵玫瑰最终宣泄成的瀑布
是静止的速度，黄金的弧形
是柔软的时间，碎片的力量
是过度的线条，黑色＋白色的可能
是光铸造的酋长，穿越深渊的0
是宇宙失落的长矛，飞行中的箭
是被感觉和梦幻碰碎的
某一粒逃窜的晶体
水珠四溅，色彩斑斓
是勇士佩戴上一颗颗通灵的贝壳
是消失了的国王的头饰
在大地子宫里的又一次复活

8

二月是生命的季节
拒绝羞涩，是燃烧的雪
泛滥的开始
野性的风，吹动峡谷的号角
遗忘名字，在这里寻找并完成
另一个生命诞生的仪式
这是所有母性——
神秘的词语和诗篇
它只为生殖之神的
降临而吟诵……

追逐　离心力　失重　闪电　弧线
欲望的弓　切割的宝石　分裂的空气
重复的跳跃　气味的舌尖　接纳的坚硬
奔跑的目标　颌骨的坡度　不相等的飞行
迟缓的光速　分解的摇曳　缺席的负重
撕咬　撕咬　血管的磷　齿唇的馈赠
呼吸的波浪　急遽的升起　强烈如初
捶打的舞蹈　临界死亡的牵引　抽空　抽空
想象　地震的战栗　奉献　大地的凹陷
向外渗漏　分崩离析　喷泉　喷泉　喷泉
生命中坠落的倦意　边缘的颤抖　回忆
雷鸣后的寂静　等待　群山的回声……

9

在峭壁上舞蹈

黑暗的底片

沉落在白昼的海洋

从上到下的逻辑

跳跃虚无与存在的山涧

自由的领地

在这里只有我们

能选择自己的方式

我的四肢攀爬

陡峭的神经

爪子踩着岩石的

琴键，轻如羽毛

我是山地的水手

充满着无名的渴望

在我出击的时候

风速没有我快

但我的铠甲却在

空气中噌噌发响

我是自由落体的王子

雪山十二子的兄弟

九十度的往上冲刺

一百二十度的骤然下降

是我有着花斑的长尾

平衡了生与死的界限……

10

昨晚梦见了妈妈
她还在那里等待，目光幽幽

我们注定是——
孤独的行者
两岁以后，就会离开保护
独自去证明
我也是一个将比我的父亲
更勇敢的武士
我会为捍卫我高贵血统
以及那世代相传的
永远不可被玷污的荣誉
而流尽最后一滴血

我们不会选择耻辱
就是在决斗的沙场
我也会在临死前
大声地告诉世人
——我是谁的儿子！
因为祖先的英名
如同白雪一样圣洁
从出生的那一天
我就明白——
我和我的兄弟们

是一座座雪山
永远的保护神

我们不会遗忘——
神圣的职责
我的梦境里时常浮现的
是　代代祖先的容貌
我的双唇上飘荡着的
是一个伟大家族的
黄金谱系！

我总是靠近死亡，但也凝视未来

11

有人说我护卫的神山
没有雪灾和瘟疫
当我独自站在山巅
在目光所及之地
白雪一片清澈
所有的生命都沐浴在纯净的
祥和的光里。远方的鹰
最初还能看见，在无际的边缘
只剩下一个小点，但是，还是同往常一样
在蓝色的深处，消失得无影无踪

在不远的地方，牧人的炊烟

袅袅轻升，几乎看不出这是一种现实

黑色的牦牛，散落在山凹的低洼中

在那里，会有一些紫色的雾霭，漂浮

在小河白色冰层的上面

在这样的时候，灵魂和肉体已经分离

我的思绪，开始忘我地漂浮

此时，仿佛能听到来自天宇的声音

而我的舌尖上的词语，正用另一种方式

在这苍穹巨大的门前，开始

为这一片大地上的所有生灵祈福……

12

我活在典籍里，是岩石中的蛇

我的命是一百匹马的命，是一千头牛的命

也是一万个人的命。因为我，隐蔽在

佛经的某一页，谁杀死我，就是

杀死另一个看不见的，成千上万的我

我的血迹不会留在巨石上，因为它

没有颜色，但那样仍然是罪证

我销声匿迹，扯碎夜的帷幕

一双熄灭的眼，如同石头的内心一样隐秘

一个灵魂独处，或许能听见大地的心跳？

但我还是只喜欢望着天空的星星

忘记了有多长时间，直到它流出了眼泪

13

一颗子弹击中了
我的兄弟，那只名字叫白银的雪豹
射击者的手指，弯曲着
一阵沉闷的牛角的回声
已把死亡的讯息传遍了山谷
就是那颗子弹
我们灵敏的眼睛，短暂的失忆
虽然看见了它，像一道红色的闪电
刺穿了焚烧着的时间和距离
但已经来不及躲藏
黎明停止了喘息
就是那颗子弹
它的发射者的头颅，以及
为这个头颅供给血液的心脏
已经被罪恶的账簿冻结
就是那颗子弹，像一滴血
就在它穿透目标的那一个瞬间
射杀者也将被眼前的景象震撼
在子弹飞过的地方
群山的哭泣发出伤口的声音
赤狐的悲鸣再没有停止
岩石上流淌着晶莹的泪水
蒿草吹响了死亡的笛子

冰河在不该碎裂的时候开始巨响
天空出现了地狱的颜色
恐惧的雷声滚动在黑暗的天际

我们的每一次死亡，都是生命的控诉！

14

你问我为什么坐在石岩上哭？
无端的哭，毫无理由的哭
其实，我是想从一个词的反面
去照亮另一个词，因为此时
它正置身于泪水充盈的黑暗
我要把埋在石岩阴影里的头
从雾的深处抬起，用一双疑惑的眼睛
机警地审视危机四伏的世界
所有生存的方式，都来自祖先的传承
在这里古老的太阳，给了我们温暖
伸手就能触摸的，是低垂的月亮
同样是它们，用一种宽厚的仁慈
让我们学会了万物的语言，通灵的技艺
是的，我们渐渐地已经知道
这个世界亘古就有的自然法则
开始被人类一天天地改变
钢铁的声音，以及摩天大楼的倒影
在这个地球绿色的肺叶上

留下了血淋淋的伤口，我们还能看见
就在每一分钟的时空里
都有着动物和植物的灭绝在发生
我们知道，时间已经不多
无论是对于人类，还是对于我们自己
或许这已经就是最后的机会
因为这个地球全部生命的延续，已经证实
任何一种动物和植物的消亡
都是我们共同的灾难和梦魇
在这里，我想告诉人类
我们大家都已无路可逃，这也是
你看见我只身坐在岩石上，为什么
失声痛哭的原因！

15

我是另一种存在，常常看不见自己
除了在灰色的岩石上重返
最喜爱的还是，繁星点点的夜空
因为这无限的天际
像我美丽的身躯，幻化成的图案

为了证实自己的发现
轻轻地呼吸，我会从一千里之外
闻到草原花草的香甜

还能在瞬间，分辨出羚羊消失的方位
甚至有时候，能够准确预测

是谁的蹄印，落在了山涧的底部
我能听见微尘的声音
在它的核心，有巨石碎裂
还有若隐若现的银河
永不复返地熄灭
那千万个深不见底的黑洞
闪耀着未知的白昼

我能在睡梦中，进入濒临死亡的状态
那时候能看见，转世前的模样
为了减轻沉重的罪孽，我也曾经
把赎罪的钟声敲响

虽然我有九条命，但死亡的来临
也将同来世的新生一样正常……

16

我不会写文字的诗
但我仍然会——用自己的脚趾
在这白雪皑皑的素笺上
为未来的子孙，留下

自己最后的遗言

我的一生，就如同我们所有的
先辈和前贤一样，熟悉并了解
雪域世界的一切，在这里
黎明的曙光，要远远比黄昏的落日
还要诱人，那完全是
因为白雪反光的作用
不是在每一个季节，我们都能
享受幸福的时光
或许，这就是命运和生活的无常
有时还会为获取生存的食物
被尖利的碎石划伤
但尽管如此，我欢乐的日子
还是要比悲伤的时日更多

我曾看见过许多壮丽的景象
可以说，是这个世界别的动物
当然也包括人类，闻所未闻
不是因为我的欲望所获
而是伟大的造物主对我的厚爱
在这雪山的最高处，我看见过
液态的时间，在蓝雪的光辉里消失
灿烂的星群，倾泻出芬芳的甘露
有一束光，那来自宇宙的纤维
是如何渐渐地落入了永恒的黑暗

是的，我还要告诉你一个秘密
我没有看见过地狱完整的模样
但我却找到了通往天堂的入口！

17

这不是道别
原谅我！我永远不会离开这里
尽管这是最后的领地
我将离群索居，在人迹罕至的地方

不要再追杀我，我也是这个
星球世界，与你们的骨血
连在一起的同胞兄弟
让我在黑色的翅膀笼罩之前
忘记虐杀带来的恐惧

当我从祖先千年的记忆中醒来
神授的语言，将把我的双唇
变成道具，那父子连名的传统
在今天，已成为反对一切强权的武器

原谅我！我不需要廉价的同情
我的历史、价值体系以及独特的生活方式
是我在这个大千世界里

立足的根本所在，谁也不能代替！

不要把我的图片放在
众人都能看见的地方
我害怕，那些以保护的名义
对我进行的看不见的追逐和同化！

原谅我！这不是道别
但是我相信，那最后的审判
绝不会遥遥无期……！

2014.2.14 日 —18

于昆明匆匆草就

注释

① 乔治·夏勒（George Beals Schaller，1933— ），美国动物学家、博物学家，自然保护主义者和作家。他曾被美国《时代周刊》评为世界上三位最杰出的野生动物研究学者之一，也是为世界所公认的最杰出的雪豹研究专家。

韦白（1965—）

本名傅希文。著有诗集《老 D 的梦境》《彷徨人世间》《乌有国》和诗歌随笔集《写在诗歌边上》。译有《四维空间——里索斯长诗集》《嫌疑犯／库库蒂斯谣曲》《扬尼斯·里索斯诗选（1938—1988）》《狄兰·托马斯诗选》《费尔南多·佩索阿诗选》《坐在雨的外面：二十世纪外国诗人十二家诗抄》《野蛮之书》等。

长诗篇目

《大海》

《静静的池塘》

《清明》

《死屋手记》

《雾中的风景》

《江边晚眺》

《机器人 d 的幸福生活》

长诗观

在中国当代诗歌中，长诗属于一种发育不全的诗歌类型。在现有的长诗作品中，很难找到可以被普遍接受的长诗规范，比如长诗的结构、长度和所覆盖的内容的宽度。我个人觉得一首一百行左右或一百行以上的具有一定的形式结构的诗歌，可以称之为一首长诗。当然，长度还不是最主要的，关键是看作品是否写出了一首长诗所应涵有的内容，以及一首长诗是否真正具有一首长诗所应有的结构。如果一首长诗只是一些材料的简单堆积，或者只是一些事件的纯线性描述，哪怕具有一定的长度，也算不上一首真正的长诗。另外，一首当代的长诗作品，应该具有现代感，应该切入到当代生活中的某个或多个切面，而不只是一种为形式而形式的对古典或西方长诗作品的改写。

大海

远远的，远远的波浪，不知经过了
怎样的旅途，才来到这里。顷刻，
一个翻身，它又退了回去。它要去往何处
没有人知道，它自己也不知道。
只有一片茫茫的大海，只有随机的风，
只有未知的礁石、不知名的小岛，
只有各种在深处潜游的海洋生物，以及
在风中疾飞而又突然悬停的海鸥。

海边的卵石有着各种各样的形状——
椭圆、棱形、三角形、长条形或者方形……
偶尔有人会捡起其中的一颗，向大海抛去，
在平静的海面留下十来个凸起的水泡，
又很快消失。几个游客，或者附近的居民，
或走，或停。他们随身带着零食、矿泉水，
　或者新上市的水果。
在旁边的水泥凳、岩石或者自带的塑料布上
坐下来，眺望远方。

他们或许只是随意地散散心，或许想起了
久未谋面的朋友，又或许在为即将来临的

暮年发愁。谁知道呢？这些来自各行
各业的人，这些面目各异的人，这些
在生活的大海里经历了不同的风雨的人，
他们来到海边，就像从日常的生活里
突然来到了一个可以放下日常生活的地方。
他们放下案头的工作，放下轰鸣的机器，
或者，放下正在编织的围巾和正在烹煮的
　　汤汁……

他们有的在兴奋地拍照，有的在叽叽喳喳地交谈，
也有的安静而略带忧郁地走向僻静处的礁石。
在通往海滩的小路上，摆着各种与海有关的
工艺品：廉价的珍珠、五角形的海星、红色
或白色的珊瑚、带着长长突起的海螺。还有
混搭进来的小型的钟乳石、红色的玛瑙串、
银首饰，以及刻着各种生肖的磨得圆圆的小石头……
那些伛偻着身子的不知从何处来的中年女人，
操着不同的乡下口音，叽里咕噜地兜售着。

每逢夏天，那座海边的电影院会更加的热闹。
水手、打扮入时的小姑娘、有些妖艳的少妇、
留着板寸头的年青的单身汉，以及几个
　玩野了的大学生，
进进出出。电影院里常常传来男女做爱时的
呻吟声，与海浪一阵阵的潮汐声混合在一起，
时高时低，有时是突然的喊叫，有时又是

细语呢喃般的喘息。特别是深夜，那些鲁莽的
男青年排成一排，直接把尿撒在海滩上，目标
瞄准着远远的大海上那充血的浑圆的月亮。

在无月的夜晚，海滩会略显空寂。黑暗中的人
彼此都看不清对方的脸。他们可以更加放心地
坦露自己。他们是真正想要独处或放松的人，
他们可以把秘而不宣的话说给海听，他们可以
静静地思考他们的人生之路已走到了哪里，
他们可以放心地哭出心中的积怨，特别是
那些受了委屈的女孩子，她们在黑夜里的
哭声，比受伤后偶然窜上海滩的海鸥的啼哭
　更加凄厉。

有时，我想，大海的潮汐是一种人类永恒的
啼哭。大海溶解了太多的痛苦，也涵容了
世间太多的杂质。人们把生活中的一切，
统统倒进海里。海面上漂浮着早已过时的
发臭的鞋子、牙刷、各种废弃的塑料袋、
纸箱、动物破碎的尸体（山羊、牛、猪、
狗，以及不知名的鸟类），它们日复一日地
漂流，它们像落叶一样地聚散，它们像一群
无主的灵魂，没有起点，也没有终点。永远
也无法摆脱海浪那无穷无尽的碾磨。

只有海鸥目睹了那大海深处的潮汐。这种

奇怪的生物，一刻不停地飞行，我确实
不知道它的翅膀如何如金属的弹簧般开合，
它如何在那无边无涯的海面上无休无止地
起落，它如何看透海面而了解那海水下的
鱼，它如何以一个巨大的俯冲准确地啄住
鱼脊而将鱼从海水中衔起，直入天空，
那是一种怎样的神力让它完成本能的扑击。
而它不绝的叫声，是对大海的感激，还是
　对命运的诅咒？

大海在平静的时候，是轻言细语的。
它以无限的透明的蓝远远地伸展，像一个
无限柔美的女人徐徐地在风中打开她的长发，
让风去抚摸她柔嫩而鲜美的肌肤。
它允许洁白的帆在它葱郁而光洁的胸脯上
嬉戏。甚至，它允许海轮用金属的犁
去犁开它泛着泡沫的花瓣。它是从容的，
高贵的，甚至心甘情愿地，彻底地
敞开自己，只因为它的体内流淌着无尽的爱。

但大海也有它的愤怒，也有它的咆哮。
在它情绪的高涨下，它仿佛想让所有的
波涛都立起来。它摧毁一切能摧毁的东西。
它搬来风，搬来雨，让整个的大地为之
颤抖。世间的一切，在它君王般的俯视下，
都可以奇迹般地活下来，也可以奇迹般地
消失。它的内心，有一千条晃动的鲸，

它从未真正把它们放出来，它对大地始终
存着一份悲悯，在它暴怒之前，总是预先
　　激情地宣讲。

它宣讲着人类之恶。它熟悉那些在黑夜里
辗转不眠的人，它熟悉每一个失去工作
而瘫软在地的人，它熟悉每一个被强暴
被污辱的底层妇女，它熟悉每一个被遗弃的
　　孩子在街头流落时的颤抖。
同时，它也熟悉邪恶是如何一点一点地渗入
　　人们的骨髓，是如何
敷衍，欺骗，最后又是如何把善良者的生活
变成了一场无处可逃的真正的受难。

受难也是大海的本质。那些失事的船只
就停在大海的心脏。年代久远，失事者
只剩下空洞的骨骼。而随船的物品已经生锈
　　或腐蚀。那里成了无数海洋生物的
栖息地。那些闪闪发光的电鳗，仿佛打着
手电，在搜寻一段早已失落的爱。那些海龟
忘记了自己的年龄，昏睡的目光已倦于打量
这海底的波谲云诡的争斗。还有那像大海
一样浩瀚的蓝头鲸，慢慢移动它的航空母舰，
仿佛在巡游它浩大帝国的无限疆土。

杀戮与争斗永远是大海的主题。这里，一切
都是赤裸裸的，吃与被吃，在公开地进行着。

每一个生命都活在自己的本能里，当一条大鱼
从侧面突然攻击一条小鱼——比如，当一条
巨鲨张开血盆大口，以十二级台风的牵引力，
咬住一条巨大的金枪鱼，整个大海都在动荡。
但挣扎已属徒劳，只有血在无声地流淌。
在看不见的深处，血很快被稀释，又恢复了
平静，仿佛什么也未曾发生过。

但残忍中也有美，弱小中也有善。它们只是
顺应生命自身的可能。渺小如水母，
它们也在优雅地展现它们柔美的舞姿。鲜艳
如扇贝，也在打开它们美丽绝伦的微塑景观。
它们伴着瑰丽的珊瑚礁，像伴着一座巨大的
水中宫殿。蓝色的或者红色的鱼，仿佛刚刚
染色完毕，正庆幸活着的幸福。
还有那漂亮的海螺、海星，幻化出各种美丽的
图案，以拓扑大自然对于空间的绝对想象。

而大海的表面，一如既往的平静。人们只能
借助潜望镜，才能看清大海内部真正的形状。
那里有巨大的丘壑，有千万年来淤积的
无法揣度的泥层，有深不见底的隐藏着无数
古怪生物的石洞，有远古的巨大的爬行动物的
尸骸……在那漆黑的深处，你永远无法穷尽
它全部的秘密。它是宇宙中的另一个宇宙，
人类从未涉足，也永不可能涉足，人类建构
起来的时间与空间，在它巨大的磁场中统统

失效。

在浩瀚的大海边，人类永远渺小如尘埃，
永远只能在防波堤上进行短暂的停留，
仿佛生活永远只是由星星点点的荆棘
编织而成的罗网，由不知从哪来伸过来的
一只手撒在生活的大海上。更多的时候，
你感觉就像那海面上的漂瓶，那些圆圆的
玻璃漂瓶，在波浪里起伏，想上岸又缺少
抓手，想漂泊又恐惧漂泊。只目送那落日的
红轮一次次在海面上碾过。

然后，总有一天，那些漂瓶会漂到岸上，
连同那些深褐色的海藻，连同那些细小的
海红、花螺，甚至瓶中都长出了绿苔，
有细小的游鱼钻进钻出。但终究是靠岸了。
像那些每年冬天来到海边的老人，他们的
头发已经掉光，露出一个完整的光溜溜的
头颅——那是完全成熟了的果实。他们的
身体也内陷成成熟果实向内凹陷的果皮。
他们扑入大海，就像终于到站，而大海
收留他们，就像一个母亲紧紧搂着自己的
孩子。只剩下一片永恒的潮汐声，在冬日的
海滩上，一遍遍重复。

2018.5.7—2018.5.8

411

图书在版编目（CIP）数据

现代汉语长诗经典 / 程一身主编 . —— 上海：上海三联书店，2024.5

ISBN 978-7-5426-8429-5

I. ①现… II. ①程… III. ①诗集—中国—现代②诗集—中国—当代 IV. ① I226

中国国家版本馆 CIP 数据核字（2024）第 058433 号

现代汉语长诗经典

主　　编 / 程一身

责任编辑 / 王　建　樊　钰

特约编辑 / 戈　云

装帧设计 / 微言视觉 ｜ 乔 ˊ 东

监　　制 / 姚　军

责任校对 / 戈　云

出版发行 / 上海三联书店

　　　　　（200041）中国上海市静安区威海路 755 号 30 楼

邮　　箱 / sdxsanlian@sina.com

联系电话 / 编辑部：021-22895517

　　　　　发行部：021-22895559

印　　刷 / 天津鸿彬印刷有限公司

版　　次 / 2024 年 5 月第 1 版

印　　次 / 2024 年 5 月第 1 次印刷

开　　本 / 889mm×1194mm　1/32

字　　数 / 200 千字

印　　张 / 13.5

书　　号 / ISBN 978-7-5426-8429-5/I·1868

定　　价 / 88.00 元

敬启读者，如发现本书有印装质量问题，请与印刷厂联系13911279582。